卡尔维诺经典

ITALO CALVINO

ITALO CALVINO(1923-1985)

LA NUVOLA DI SMOG

LA FORMICA ARGENTINA · ITALO CALVINO

伊塔洛·卡尔维诺

# 烟云 阿根廷蚂蚁

萧天佑 袁华清/译

译林出版社

图书在版编目（CIP）数据

烟云／（意）卡尔维诺著；萧天佑译．阿根廷蚂蚁／（意）卡尔维诺著；袁华清译．—南京：译林出版社，2012.4（2019.9重印）

（卡尔维诺经典）

ISBN 978-7-5447-2230-8

I.①烟… ②阿… II.①卡… ②萧… ③袁… III.①中篇小说－小说集－意大利－现代 IV.①I546.45

中国版本图书馆 CIP 数据核字（2011）第 152899 号



**烟云　阿根廷蚂蚁［意大利］伊塔洛·卡尔维诺／著　萧天佑　袁华清／译**

责任编辑　陆志宙
责任印制　颜　亮

原文出版　Arnoldo Mondadori Editore S. p. A., Milano, Italia
出版发行　译林出版社
地　　址　南京市湖南路 1 号 A 楼
邮　　箱　yilin@yilin.com
网　　址　www.yilin.com
市场热线　025-86633278
排　　版　南京展望文化发展有限公司
印　　刷　江苏凤凰新华印务有限公司
开　　本　850 毫米 × 1168 毫米　1/32
印　　张　5
插　　页　4
版　　次　2012 年 4 月第 1 版　2019 年 9 月第 5 次印刷
书　　号　ISBN 978-7-5447-2230-8
定　　价　38.00 元

# 前言

《烟云》(1958年)和《阿根廷蚂蚁》(1952年)第一次作为书出版，是在1958年出版的大型卡尔维诺《短篇小说集》第四卷(《艰难的生活》)中。在1965年10月，卡尔维诺决定将它们合成为埃伊纳乌迪的“珊瑚”丛书的一本小书，在此之前，他在1963年还单独重版了《地产投机》，是《艰难的生活》的第三篇。

我们重印了作者为此写的封面勒口文字和一篇1964年的关于《烟云》的谈话作为前言。随后，也许是由于想要将这篇谈话收进他的一个随笔作品的集子，卡尔维诺给它加了一个标题和一段卷头语(引文请参阅埃伊纳乌迪出版社的《短篇小说集》第一版的有关部分)。

《烟云》是一篇不断地倾向于变成某种别的东西的短篇小说：社会学随笔或隐秘日记，但是伊塔洛·卡尔维诺总是能够以他的那套由喜剧性的插科打诨和耸肩膀构成的防御战术来对抗这些倾向。这种防御战术使他能够停留在他自己的氛围中，处在象征性的变形、从真实事物中提炼的现实性、情绪的发泄和散文的诗意之间。

我们发现自己所面对的世界的图像和表意符号就是烟，是装载着工业城市的化学废弃物的烟雾。每一个人物都有他自己的对抗这烟雾的方式：专家出身的官僚科尔达，魅力女孩克劳迪娅，工会领导人巴萨鲁齐，房屋出租者玛格丽蒂，一般群众阿万德罗。在他们当中，无名的主人公似乎拒绝任何虚幻的逃避和任何空想的位置变换，固执地要按事物本来的样子去观看它们，要一直目不转睛地观看它们。如果他期望什么，那也仅仅是从他正在看的东西中期望一个图像，能够用来与另一个图像对抗；小说结束时并没有肯定地告诉我们他已经找到了这图像，而仅仅是不排除有可能找到这图像。

这本书还包括另一篇在几年前写的非常不一样的小说《阿根廷蚂蚁》。作者想要将它与《烟云》并列在一起，是由于一种结构和道德上的近似。在这里，“生活的不幸”来自自然：侵扰利古里亚海岸的蚂蚁[①]，但相同的是中心人物

① 在1984年1月30日写给戈弗莱多·福菲的一封信中，卡尔维诺明确地说：“《阿根廷蚂蚁》不是像所有的批评者一直说的那样，是卡夫卡式梦幻小说。它是我在一生中写的最现实主义的小说；我以绝对的精确描写在我童年时期，也就是二十和三十年代，阿根廷蚂蚁入侵圣雷莫和利古里亚西海岸很大一片地区的耕地的形势。”（《新浪潮》，第100期，1987年7月—12月，第418页。）——编注

淡然的斯多葛主义态度，他不接受为对抗蚂蚁而向他建议的任何形式的行动措施；相同的还有小说结局时写到的那种贯穿在各种图像中的临时净化。

# 关于《烟云》给一位批评者的信

《新浪潮》第32—33号。信评述了这本杂志的领导人马里奥·波塞利就我的短篇小说《烟云》所写的一篇随笔(《等待的语言》,《新浪潮》第28—29号,1963年春)。波塞利在杂志的第36号(1965年)一点一点地回答了我的信,特别是对于有关新的批评方法的争论。《新浪潮》是最早在意大利提出新的批评方法的杂志之一,而我当时对这新方法完全不懂(波塞利在他对我的信的回答中将会谴责我把这种方法定义为"风格批评",从而混淆了"美学文体批评"和文本批评、语言学文体批评、语义学批评)。比起对于有关新的批评方式的争论来说,这篇文章对于我就像是对我的作品的再阅读的完全客观的体验一样重要(这次重读是由对一部译文的校订引起的)。

亲爱的波塞利:

我想要写给你的,既不是就你屈尊对于我的短篇小说《烟云》的语言所做的研究提出一些意见,也不是针对你的文章令我想到的文体批评做一番思考。由于我对于这个论题没有丝毫的理论准备，因此我的评语也许就方法论而言是危险的，只是根据一个经验主义者的口授，根据一个人对于一篇他自己就是作者的文字所具有的这种完全是特殊的和主观的经验而写的。

给予我帮助的是这个事实，《烟云》这篇我在六年前写的小说，我最近为了校订其译文，非常仔细地与我的法文译者重读了它。这是一项艰苦的劳动。所有的人类语言都有某种共同的东西，即使是芬兰语和班图语，但是有两种语言，在它们之间绝对不可能建立起任何的对等，这就是意大利语和法语。用意大利语想的东西不能以任何方式用法语说出来，必须在另一种表达方式中重新想它，这种表达方式必定将不容纳意大利语表达方式的所有意义或者是容纳了意大利语表达方式所没有预料的另一些意义。对于我来说，这是一个机会，可以真正地读我曾经写的东西，理解每一个句法衔接或每一个词汇选择的意图，并最终判断在我的写作方式中是不是存在一条线索、一种必然性、一个意义。在几个星期的这种对于我的某些短篇小说所做的工作之后，我终于知道了许多有关我如何写作的事实：正面的和反面的。自然，这些并不该由我来告诉你，并不应该由我来提示批评者。但现在，正如人们所说，“凭借这个体验”，我将从中抽取出一些对于我们的争论有用的普遍思考。

你的研究是以一份清单开始的，它包括了在《烟云》中查找出来的一系列文体因素。在这种分析中，我要说，首先必须为每一种因素确立它被查找出的区域，也就是说，确定它是不是：

仅仅为被考查的作品所特有的；

或者是作者的所有作品中所特有的；

或者对于整整一个文学流派、倾向或季节都是特殊的；

或者在这个时代或这个国家的所有文学中都是可以查找得到的。

例如，显然，当你把“对传统句法结构规则的遵守”当成我的小说的第一个文体因素时，你没有谈到任何具有特征的东西，因为所有上过中学的人都研究过句法结构，每天都有以这种句法结构或好或坏地写成的书和报纸被人们读。实际上你想说的是，我并不是写独立的作品或“意识流”，这些在意大利是非常稀少的写作方式，至少在1958年，就短篇小说而言是如此。但我们开始读小说吧。第一句：那是个对于我来说丝毫也不重要的时期，我迁到这个城市安顿下来。你看到在这里已经开展了关于那种被理解为二十世纪中期意大利文学中的传统句法结构的东西的全部话题，一个最富于历史和参照物的话题，句法结构的第一个样本已经向你展示了这些参照物。

但我们来看你的清单的第二个因素："对于一种毋宁说是贫困的和无装饰的，在那种最不文学的词汇中选择出来的词汇的使用"。这里你触及了一个重要点，因为在词汇中，甚至是在全部的表达方式中，对于"贫困的和无装饰的"，对于"不够文学的"选择，由"灰色和苍白构成的""朴素的"——正如你在前面已经说的——语调，构成——我要说，有计划地——当代意大利文学中的一个广阔区域的特征。这对于一篇随笔来说也许是一个极美好的主题：当代意大利文学的"灰语调"，它能从文体学的语调转移到想象的层面并从想象的层面转移到心理学的语调和道德的责任。自然，一篇这样的随笔本应在莫拉维亚作品中有它更为绚丽和不容置疑的例证，甚至应当定义一个从来没有被我们的文学地籍册统计过的"莫拉维亚主义"的界线。另外，也应该以比伦基的标准，将托斯卡纳人的各种不同的灰色放在关键位置，然后，是卡索拉的标准（我想到了巴萨尼在几年前就卡索拉的"来自铁路工人的"灰色语言的一篇极好的短文）。最后也许还要定义另一些语言极端简化的文艺思想，例如金斯伯格的文艺思想。只有当你确定了这种灰色风格的地理学，然后根据方言的色彩将它摆放在作为语言的基本骨架的方言（从维尔迦到帕维塞）和多语言主义（从斯卡皮利亚杜拉文艺运动到加第斯主义）的对立位置上，并且了解了灰色区域与今天那些最有色彩的区域之间能有哪些关系；只有当你决定了在什么区域巴萨尼的作品要被视为典范（也就是将“市民”语言的最忧伤的表达包容进一个相对于具有讲话思路的“高等”文字来说处于第二层次的持续“假嗓子”的空间里，这种“假嗓子”也许是有其自己方式的另一种色彩多样），而在他之前，是索尔达提的作品。只有当你完美地定义了应当用的词和范围和决疑法，你才能过渡到考查特殊事例。

因此，我把对第二个因素的陈述分解为三句话：

1) 意大利文学中存在一个很大范围，在这个范围里，文体学的理想指向一种贫困而无装饰的语言；

2) 卡尔维诺就其全部作品而言是远离这种文艺思想或与之陌生的（例举）；

3) 在短篇小说《烟云》中他却表现得靠近这个思想。如何?

在这里可以开始对于所说到的文本的分析，也就是对于词汇和风格的种种不同选择的检查和分类。

我们在上文已经引述了小说开头的那个常被人说并且由平庸言语织成的句子。略下一点，我们发现了声音：神经质的声音。如果作为范例我们是从，比方说，莫拉维亚出发的，那么我们意识到通过这些例子，我们已经超出了作为特征化和色彩的这个出发点：我们已经更加接近帕维塞。在最初的几行中有这样的一句话：对于一个刚下火车的人，人们知道，城市只不过是一个车站。它使人想起帕维塞特有的某些被多数人公认的、紧密的、简洁的语言特质。

但是在第三行已经有一个这样的句子：我当时没有任何安顿下来的欲望，这句话使我们接近了一个更高的反思的语调；在接下来的那些行里，我们发现：临时的，内心的安定，苍白的，破碎的，也就是说我们越来越走向一种批评的、文学的词汇。

我觉得唯一的办法是求助于这样的一种公式（我认为，这种公式不光对于我的许多小说，而且也许对于许多与我毫无关系的作者都是重要的）：一种严肃的风格，它有着一种灵活性，这种灵活性能够使它达到更高的、诗化的或散文化的语言的尖峰，而不改变其内在连贯性，经常使用口头语和习惯语，因为它们常常起着漠视和对立的作用（这个作用当然是有意的）。

在这样一种公式中，你就能使这样一个在我看来是一个相当典型的标本的句子变得精确：如果我再年轻几岁，对生活抱有更大希望，那么这项新的工作，这个新的城市，也许能使我感到兴奋或满意。总之，所有的分析都能被限定在这个句子里：在几乎所有可能的运动里都有一些在短篇小说中所使用的各种不同的语言层面。

在这一点上，我将不再满足于提取散乱的表达方式，在这种提取中，有意识选择的、无意识选择的和根本无选择的因素相互混合。（也许对于研究者来说它们全都有着同样的重要性，但对于我来说，看见你以相同的狂热把两种不同的虚词都放在你的显微镜的镜片下，就有一种奇异的效果，一种是那些我想要在其中托付表达方式的最秘密财富的虚词，另一种是那些我并没有在其中放入任何表达意图的虚词，它们在这里，只是因为我想要在这里而不是在别处说这件事。）我们将过渡到对大量的最完善和最紧密的文字的审视，也就是过渡到我想称为大量的"图像-文字"，这些图像文字后来都是被写得最多的点，不论是短还是长。

我相信，在我的所有作品中，人们注意到有一些被写得最多的部分，和一些被写得最少的部分，在前者中，写作的努力是巨大的，而后者就像是用油画画出的部分旁边的用草图画出的部分。（它发生在我身上，我相信这种事也发生在所有人的身上，除了福楼拜——但即使是在这里，我也不发誓——和曼佐尼，曼佐尼有一个另外的问题；自然，这种事与克罗齐对诗和结构的区分毫无关系，甚至可能在某些情况下是相反的。）

纸页不是可塑性材料的一个单调的表面，它是木头的一个剖面，在这上面，人们能够跟踪线索是如何走的，在这上面人们打结，在这上面派出一个分支。我相信批评的工作也是——或者也许首先是——看文字中的这些区别：在哪里堆积了更多的劳动，以及在哪里劳动最少。

现在，在这些写得最多的部分里，有那些我称为写得小小的东西，因为在写它们时正巧（我是用钢笔写作的）我的字变得非常非常小，字母o和a中间的孔都没有了，被写成了两个点；还有我说的写得大的部分，因为字变得越来越大，有的o和a的里面竟然能放进一个手指。

那些写得小小的部分，我的意思是说它们是这样一种部分，我在它的当中倾向于一种动词的浓度，一种描写的细致。例如：对烟云（《短篇小说集》，第547页）或工程师办公室的玻璃窗（第552页）或成为毁灭的图像的化装舞会（第560页）或是与外面的雾构成对比的啤酒店（第544页）的描写。在对这些点的审视中你将看到，和动词的浓度、词汇准确的努力等等一样，我们比以往都更远离了定义等等。而所有这些细致等等都倾向于体现（就像在卡尔维诺的另一些书中的类似情况一样）不仅仅是图像，而更是一些抽象的幻象等等，等等。

总之，你看，我什么也不想知道，我所能对你说的唯一的东西，就是关于这一点，只有通过对于文章的考察，才能理解我所写的东西的某种最终意义，如果有的话。

然而被写得大的部分恰恰是那些倾向于词语稀少的部分。作为例子有一些非常短的风景，几乎就是些诗行：那是秋天；有的树是金的（第523页，也被你引用过）。

这种短小的风景在《艰难的爱情》系列里的那些小说中还有很多，那些小说就风格和构思而言是与《烟云》相似的，在翻译成法文时，这些给我带来了很大的烦恼，因为根本不能把它们译出来。和我的翻译者在一起时，为了向他解释我当时想要做什么事，我开始引用莱奥帕尔迪的诗句：e chiaro nella valle il fiume appare（明亮的，河出现在谷中），时不时地参考但丁和彼特拉克之后的意大利抒情诗中的语言；所有那些当一个人在巴黎时能够说出来，而当他回到意大利，就再也没有那张不可缺少的可恶嘴脸说出来的东西。

总之，轨迹也许是这样的：意大利二十世纪——诗和散文——的词语稀少的倾向也以某种方式穿过了我所写的东西。在我们所观察的这些小说中，这个倾向与一种对立的因素相伴随和对照，这就是词语的密度。这种倾向有多少，另一种倾向有多少？这个遗产意味着什么？我不知道，但是我觉得这是一个贴切的历史文体问题。

现在我们回到出发点：贫穷，朴素，苍白，灰色。我们把它放在哪里？我觉得，我们像放置一种内容（客观的和心理的）一样放置它，这种内容，主人公（或抒情诗的我，或在自己的叙述投影中的作者本人）想要选定，想要毫不间断地保持在眼前，想要与自己同一，但是（这个主题已经由最初的几行给出来了）要通过一个意愿的行动，一个选择。这里的证据正是他用于描述这灰色等等等等的语言，而不是一种范围等等等等。

这种状况的最明显的迹象是什么？是对*灰的*、*苍白的*、*灰色*、*苍白*这些词的频繁使用（你也注意到了）。在一种灰色和苍白的语言里，不能使用*灰色的*和*苍白的*这些词，因为这时涉及到一种从灰色和苍白之外进行评价的语言。（在一种灰色的语言里，灰色的一词只能被用来说一件灰衣服是灰色的；至于“苍白”，如果我们不去轻信它的某种比较晚近的和被报纸和市民滥用的幸运的话，它可以说是一个高等的、有学问的词。）

还是在内容的层面，如果一个作家为了再现一个灰色的和苍白的主题而使用灰色的和苍白的词，很清楚，这是个琐碎的作家，也就是一个给事物命名的而不是进行再现的作家。于是乎？于是，或者我是个琐碎的人，或者我的主题不是琐碎的。那么谁会是琐碎的？可能不是“灰色”（如果我们想要继续这样称它），而是与“灰色”的关系。

这样，从对语言的定义你就能过渡到对小说内容的定义。但这是以更为广泛的方式，而不时常要求词音对词义的证实。这样一来我们所拥有的就不是一篇真实和真正意义的小说（因为没有一个故事，关于这个人没有说过——我们并不感兴趣——他先前发生了什么事，使得他去选择——看起来是这样——这种生活和这种态度，也许对比了没有出现的另一种生活和另一种态度，另外他的一个故事也没有能够在后来画出轨迹，除非是以他的职业的那些小小的变动来画轨迹，而我们已经知道，他的职业是微不足道的），而是对一个人与一种现实的关系（历史的—社会的—存在的，等等）的抒情象征的讲述，这种关系在烟云的图像（按你愿意的定义它好了）中达到顶点，同时还有对其他一些可能的关系的解答：工程师、同事、女友、女房东、工会活动家。（为了这一结构你将能在我的另一些叙述作品中找到一系列的参照，它们都是这样构造的：在中心是一种被作为样板的ax关系，在其周围是一个由bx，cx，dx等关系构成的光晕或决疑法。）

所有这一切，伴随着对内心争论的不断提示。（请看你在什么意义上能够开展你在一开始谈到的散文体小说的主题。）时不时地浮现出一种散文体的语言（在这里你可以有大量的引语）：也许在小说里藏着一篇随笔，但是已经全部被删除了，只剩下一些被切得非常细小的碎块，还有那些唯内容论意义上的对话——它们也许会是些哲学对话——也被删除了（第557页到第558页；第560页到第561页），而人们仅仅读到在橡皮的擦痕之下的一些言语的影子。

于是关于一篇把自己的意义送回到一篇被它藏着的随笔中的小说所可能具有的诗学价值，就提出了问题。是一篇失败的小说？由于诗意的混乱而犹豫的放置而是失败的？本应当为一系列图像充当支持物的随笔性质，其简单磨痕能有什么诗学的价值？然而，这种随笔性质只是一个磨痕，还是通过与一种主动写作活动对比而是一个磨痕？这种写作活动在这里却是有可能在本身，或是在它所导致的对比中，构成一个诗意的动机。文体批评家，这对于你来说，是获取整整一个系列的例证的机会：关于在语言的层面上，嘲讽的、喜剧性的轻描淡写的陈述如何发生一种有节制的然而是持续的改写、使之逐渐变轻的干预。这直接涉及到什么？同一个人物我，也就是小说的精神意识，也就是将消极假设为积极的荒谬假设，它就这样不断地被提出来并被战胜。

我们现在可以过渡到将这同一个方法应用到你的第三个评论，也就是有关形容词的评论上。你认为我有一种"朴实无华的和本质的使用形容词的手法"，可以说，这是从邓南遮以来整个意大利文学的文体理想。当然，如果你说得对，这是非常美好的事。但形容词这个论题是我一直就在思考的论题，如果我开始谈论这个论题，我就要继续写十页纸了。你最好还是为我留着它，等到另一次机会：很长时间以来，我就想要证明，意大利散文中的坏处就来自这样一个事实，即句子的决定性意义被不断地打发给形容词，而名词和动词变得越来越平淡和缺乏意义。这使散文丧失了所有的坚强性：不是再现世界，而是对世界进行评价。但这对于我自己来说将又是一个难题，因为在这里事物也不像你说的那样顺利。只要随便翻开：第521页，我的胜利的目光，我的胜利而绝望的目光。心理的精确完全是建立在形容词上，甚至是建立在有着相反符号的两个形容词的这种著名的对照上的！在接下来的一页里，一种鼻子的顺从的悲伤。写错了吗？没有，糟糕的是写得好极了，是一些比我认为在书中找不到，而我也宁可不使用的那些形容词更好的形容词。

够了，我就写到这里：我觉得已经足够地举例说明了我想要向你说的有关文体分析的话，大体上就是这个：我希望在每一个肯定的背后，都有一个对现象的历史分类。我不是个方法论者，但我也不相信自己正在犯教唆折中主义的罪行。我觉得如果这样做，你就能使自己总是关注文本，也就是关注一种原质的材料，而如果你在作者的理论随笔中寻求证实，我认为这个行为从方法论的角度而言是更为不合法的。将来，一旦你获得了你有关语言学材料考查的结论，你就能——作为好奇，在你的书房里秘密地或预先进行——将这一结果与作者在他的关于诗学或美学的宣言中表达的那些思想进行对比，而这是在这样一些意图中进行的：

或是为了发现他与他自己相矛盾，这总是更为有趣，并且也是更为符合你的实验性检验的工作；

或是为了发现他与他自己完全符合，正如你在我这里做的那样，这是一件令我感到满意和惊讶的事，因为每次我写一篇小说时，我都很注意使自己不去想我的那些随笔，而每次我写一篇随笔时，我都很注意使自己不去想我的那些小说。

这一次我破例地利用了你对我的书页的富有耐心的关注，对于你的关注我表示感谢。

伊塔洛·卡尔维诺

（陆元昶 译）

# 烟　云

萧天佑 译

那是个对我来说丝毫也不重要的时期，我迁到这个城市安顿下来。安顿这个词并不确切，因为我当时没有任何安顿下来的欲望，我愿意让我周围的一切都是临时的，不安定的，只有这样我才能在内心里感到安定。那么什么是我内心的安定呢？其实，我也说不上来。因此，经过辗转介绍，当这里有人聘请我来当《净化》杂志的编辑时，我就接受了这个工作。

对于一个刚下火车的人，人们知道，城市只不过是一个车站，转来转去尽是一些越走越狭窄的街道，两旁是车站的库房，运输代理人的库房和咖啡馆，载重卡车擦肩而过，喷着令人恶心的浓烟。他双手交替着提行李，不一会儿便手酸臂痛，汗流浃背，衬衣紧紧贴在身上。这里的一切都会使他感到烦躁。

我正是在一条这样的街道里找到了符合我条件的带家具的住房：在一栋楼房的大门门框两边，用线绳系着两排利用旧鞋盒做的出租房屋的广告，虽然字写得都不好，却都贴着正式的印花票。我提着行李，不时地停下来换换手，看到那些出租房屋广告便走了进去。这楼里每个楼门、每一层楼至少有两家出租房屋。我在三门二楼门口停下，按了一下门铃。

这是一个很普通的房间，光线有些暗，有扇门窗通向院子，须从院子里经阳台进出，使它与这套房子的其他房间隔开。女主人玛格丽蒂小姐耳聋，害怕小偷，平时总把铁栅栏锁上。房间里没有卫生间，厕所搭在阳台上；室内只有一个洗脸池子，有自来水，却没有热水龙头。这不是很适合我吗？租金很适合我，是我可以承受的，多了我付不起，少的我又没有找到。再说，这住房也是临时的，我自己对这一点应该非常明确。

“好吧，我要了。”我回答玛格丽蒂小姐说。可她以为我在问那房间冷不冷，用手指了指那里的火炉。

房间我已看过了，现在只想放下行李出去走走。到达这里后我很想洗个澡，可又懒得打开箱子找肥皂，仅把手伸到洗手池水龙头下面冲了一下。

“噢，为什么您没告诉我呢？我这就去给您拿毛巾。”玛格丽蒂小姐说罢，迅速跑回自己的房间，拿来熨得平平整整的毛巾挂在椅子背上。我觉得脸太脏了，又用水清爽了一下脸，再用毛巾搓了搓。这个动作使女主人终于明白了，我要下了这个房间。

“啊，您要了，您要了。好，您是不是要打开箱子换换衣服，您请便吧；这里是衣架，请把您的大衣给我挂这边。”

我没让她来脱我的外套，因为我想马上出去。只是要设法告诉她，我需要一个书架：我有一箱书要运来，那是我在这动荡生活之中好不容易才收集起来的一些书籍。我费了九牛二虎之力才对那聋子解释清楚，最后她把我领到她房间里一个小货架前，那上面放着她的针线筐、纱线筒、需要修补的旧衣服和各种刺绣样子。她答应我很快收拾出来，搬到我房间里去，我这才出了门。

《净化》杂志是由某机构主办的，我应该到那里去报到后才知道我的任务是什么。如果我再年轻几岁，对生活抱有更大希望，那么这项新的工作，这个新的城市，也许能使我感到兴奋或满意。可现在不一样了，现在我看到的全是灰色，看到的是大家都在贫困中挣扎，我也在其中挣扎。不是说我已听天由命了，不，我是乐在其中，因为这样就证实了我的看法：生活就是如此。就说现在去找那单位吧，我宁愿多走几步，选择那些又小又窄毫无名气的街巷绕道走，也不愿走那些两旁都是商店、酒吧，橱窗里摆得琳琅满目的大道；我觉得走在那宽敞的街道上心里不痛快，那里看不到身边行人疲惫不堪的样子，看不到小饭馆里那拥挤不堪的场面，看不到那些破旧的小店铺，听不到窄小街道上特有的那种噪声：有轨电车的行驶声，小货车的刹车声，小作坊里电焊时发出的刺刺声。我这样做的原因是，外部世界那些破旧与贫困的样子，可以使我的内心世界得到平衡。

可事与愿违，要到达那个单位，必须穿过一段截然不同的富人区。这里庭院绿树成荫，建筑风格古色古香，街道宽敞，汽车分道行驶，既不堵塞也不喧闹，车流量比那些小道上的还少。这里的人行道挨着的不再是两边楼房的砖墙，而是各家各户的铁栅栏，透过铁栅栏可以看到，那些装饰别致的建筑物四周环绕着低矮的植物篱笆、花圃和石子通道。面对这种不寻常的景色，我感到茫然，因为再也看不到可以帮助我辨认自己或是解读未来的那些事物了（不是我迷信征兆。一个神经质的人来到一个陌生的地方，他看到的一切都可能成为一种征兆）。

当我走进那个机构的大楼时，感到出乎意料，有点不知所措，因为那些大厅都是贵族式的，墙壁上镶着玻璃镜，挂着壁毯，墙边摆着托架，大理石壁炉，柔软的地毯（不过家具都是二十世纪的标准办公家具，灯饰是现代化的霓虹灯管制作的）。总之，我现在为租下了那个又简陋又阴暗的房间感到不安；当我被领进该协会主席科尔达工程师的办公室，受到他热情洋溢的接待，他仿佛把我看成与他的声望和社会地位同等的人时（当然是指我对该协会杂志《净化》研讨的问题具有同等的兴趣和专长），我更加觉得拘束不安，无地自容。说心里话，我认为《净化》研讨的问题，只不过是人为地提出来的一些问题，供人们茶余饭后谈谈而已，我接受这个工作也不过像接受其他任何工作一样，现在可好，不得不成为这个事业的一部分了（科尔达工程师已为之奋斗了一生）。

他年纪约五十岁，但相貌年轻，留着黑胡子。就是说，他就是那种虽然年过半百，长相却很年轻，仍然留着黑胡子的一代人，我和他们那代人从未打过交道。他的举动，他的言谈，他的外表（标准的灰色西服，洁白的衬衫），他的手势（他讲话时挥动着一只手，手指间夹着香烟），他的一切都反映出他办事精干，思维敏捷，态度乐观，没有成见。他把《净化》至今出的几期都拿给我看，是他（社长）和印刷部的负责人阿万德罗博士（科尔达工程师给我们做了介绍，阿万德罗博士是那种说话跟念稿子一样的人）共同收集的。《净化》总共没出几期，篇幅也不大，看得出是由非专业人员编辑的。我根据自己对报刊编辑工作的了解，善意地（当然不是进行批评）对他们说明我希望对该杂志进行哪些技术方面的改进。我讲话的口气也那么实用、那么自信，而且我高兴地看到我和他们的意见不约而同。为什么我要用"高兴地"这个词呢？因为我越是装得精干，越是装得乐观，思想深处越是想着那可怜的房间、黯然失色的街道、锈蚀的栏杆和汗淋淋的衣服，越是觉得能够坦然对待这一切。我仿佛在科尔达工程师和阿万德罗博士面前变魔术，把他们那种技术工业效率变成一堆面包渣，而他们毫无察觉。科尔达却兴奋地点着头。

"好，我们说定了，您明天就着手进行改进，"科尔达对我说，"现在……"

他想让我看看他们最近一次代表大会的文件。

"喏，"他把我领到一个陈列着各种油印文件副本的书架旁，对我说道，"您看看，看看这个，还有这个，这个您有了吗？好，您数数，都有了吗？"

他一边说，一边把那些油印的纸张拿到手里。恰恰在这时我看见一股灰尘的云从那些纸张上冉冉浮起，看清他在那上面留下的手印。科尔达弹弹拿在手里的纸张，用嘴轻轻一吹，动作非常轻微，仿佛不愿让人发现那上面落了灰尘。他每取一份文件，都特别注意不让手指碰到第一页。但是，只要他的手指哪怕是手指甲轻轻挨上那第一页，那上面薄薄一层灰色尘土上就会出现一条细细的白色痕迹。尽管他很小心，手指仍然被弄脏了，他似乎也察觉到了，把手指弯曲到手心里绕着圈擦干净，结果把整个手掌也弄脏了。他下意识地把手放到灰色法兰绒裤腿上并保持一段时间，然后才抬起来。我们两人都这样小心谨慎地传递和接过那些文件，好像那些纸张和荨麻叶子一样，摸着就会使人皮肤感到刺痛。尽管如此，大家都面带笑容，高兴地微笑着点头说道："啊，这次大会很有趣！大会的议题很好！"不过，我觉得科尔达工程师变得越来越急躁，越来越不能承受我的胜利的目光，我的胜利而绝望的目光，我感到绝望，因为这一切，正如我想象的那样，不过是装模作样而已。

我辗转反侧不能入睡。这房间看起来很安静，但夜间却被一种后来我才弄清楚的噪声困扰着：不时传来一阵阵高音喇叭声，仿佛要人们注意什么但又听不清楚。那时如果我已入睡，便会被那声音吵醒，懵懂之中还以为自己睡在火车上呢。因为那声音的音色和节奏，与火车站上昏昏欲睡的乘客听到高音喇叭发出的声音完全一样。我侧耳细听，才听清那声音说的是："两份饺子，带汁的……一份烤牛排……一份排骨肉……"

我这个房间的下面，是乌尔班诺·拉塔齐酒馆的厨房，午夜后那里也经常炒菜。服务员用对讲器从柜台上向厨师传达顾客们点的菜，顾客们的谈话时而也有歌声夹杂着，也从那个信息渠道穿了过来。那里的菜味道不错，价格略贵一点，经常去吃饭的人并不俗气，很少听见有人深夜发酒疯，打翻桌椅或杯瓶什么的。顾客们的欢乐声传到我的床前，仿佛穿过了一层云雾，失去了原有的欢乐和色彩，变得模糊不清了。唯有那喇叭筒里传来的低沉的鼻音依稀可辨："一盘炸土豆条配菜……饺子好了吗？"

乌尔班诺·拉塔齐酒馆夜里两点半左右关门。服务员们个个掀起工作服的衣领御寒，从厨房门那里走进院子，聊着天离去。三点左右，一阵阵铁桶撞击的声音从院子里传来，那是厨房里的杂工往外拖沉重的空啤酒桶，侧着拖或让酒桶在地上滚，然后还要清洗；他们一定是计时工，干活不慌不忙，漫不经心，一边吹着口哨，一边踢打着那些酒桶，一直折腾到五点。六点时拉啤酒的汽车来了，送来满桶，运走空桶。这时候乌尔班诺·拉塔齐酒馆里传来了清洁工干活的声音，她们已经开始清扫、擦地板，准备迎接新的一天。

各项劳作交替的间歇里，从玛格丽蒂小姐黑暗的房间里传来阵阵对话声，并夹杂着笑声，那好像是同一个妇女的声音伪装的，时问时答。玛格丽蒂小姐耳聋，区分不了自己是在默思呢，还是在大声讲话。不论是白天还是深夜，只要她沉溺于某种思想，回忆起愉快的或悲伤的往事，便情不自禁地开始自言自语，模仿各种人讲话。幸亏她那种独白都很简练，让别人听不懂。不过，这倒使我觉得触摸到她的隐私，心里忐忑不安。

早晨我去厨房要点热水刮胡子时(敲门她听不见，我必须进入她的视线中，让她能意识到我的存在)，常发现她对着镜子微笑或做鬼脸，或者坐在椅子上，目视前方，自己给自己讲故事。她一发现我，便装模作样对我说："啊，我正在跟猫说话呢！"或者："对不起，我没看见您，我正做祈祷呢(她是个虔诚的基督徒)！"但她并未发觉她的话被人偷听了。

的确，她经常和猫讲话，有时能讲上几个小时。有时我听她站在窗户旁不停地呼唤"咪咪，咪咪，我的小猫"，等候它玩够了从阳台上或房顶上归来。她的猫又瘦又小，像只无人喂养的野猫，毛色虽是黑的，但每次外出归来，都成了一只灰猫，仿佛这一带的灰尘和烟尘全被吸到它身上了。它一看见我就逃，急忙躲到什么家具下面，仿佛我打过它似的，其实我根本就不曾注意过它。我不在家时，它肯定到过我的房间，因为女主人放到我衣柜大理石台面上的白衬衫的衣领和前襟上总有它脚爪的痕迹。开始时我大声咒骂，很快就不骂了，因为女主人听不见，改为把那受难的衬衣拿给女主人过目。女主人看了很伤心，到处找猫要惩罚它，并向我解释说：她上我房间送衬衣时，那小猫一定偷偷跟了进去；她出来时无意把小猫关在房间里了，小猫从房门里出不来，气愤之余跳上衣柜弄脏衣服。

我只有三件衬衣，也许是因为我刚到这里，要收拾办公室，衬衣穿半天就脏了，不得不交给玛格丽蒂小姐洗。洗好的衬衣给弄脏了，又没有别的换，只好穿那衣领上有小猫足迹的衬衫上班。

有时在我的枕头上也能发现它的足迹，这大概是因为女主人傍晚上我房间来给我撩起被角，它也跟了进来，被关在室内了。

那猫身上很脏，这一点也不奇怪，因为你只要用手摸一下阳台栏杆，你手上就会沾上黑色的痕迹。每次我回到家里用钥匙开阳台栏杆和门窗上的四把锁，然后伸手去开百叶窗、阳台门时，手都要被弄脏，进门时只得举着开门的那只手，以免弄脏别的东西。进屋后的第一件事就是走到洗手池边去洗手。

洗完手擦干净，我立刻就觉得舒服点，似乎刚才没有用过那只手似的，然后开始摆弄室内为数不多的东西。不过我应该声明，玛格丽蒂小姐房间打扫得很干净，天天都要清除灰尘，清除灰尘。可是当我有时候把手伸到她擦不到的地方

(她身材矮小，胳膊短)，那么手上就会沾上一层尘土，只好立即回到洗手池边洗干净。

最关键的问题是我的那些书。我把它们摆在那个货架上。正是因为有了这些书，我才觉得这里是我的家。编辑工作并未占去我的全部时间，空闲时我喜欢待在家里看看书。众所周知，书籍最招灰尘；当我从书架上取下一本书时，打开之前我总要用抹布把它好好擦擦，擦擦封面，擦擦书口，然后再拍打拍打，因为书上总有很多灰尘。最后再去洗洗手，躺到床上开始阅读。尽管如此，翻书时我还是觉得手指上有薄薄一层灰尘，感到扫兴，有时甚至破坏了我读书的乐趣。我只好立即起身，走到洗手池旁再洗洗手。我不仅不会觉得手洗干净了，反而会觉得我的衬衣上、衣服上到处都沾上了灰尘。我本想重新开始看书，但现在手洗干净了，而我不愿意再把它弄脏。于是我决定出去。

当然，出去的时候我也得像进来时那样操作：先是锁百叶窗和门，然后是铁栏杆上的锁，手上沾的灰尘比进屋时还多。有什么办法呢，只能带着那双脏手到办公室去洗。一到办公室，我就奔向卫生间洗手：那卫生间里的手巾黑得不像样子，用它擦手只能越擦越脏。

我在那家协会上班的最初几天是用来收拾我的办公桌。分配给我的那张台子上堆满了杂物：纸张、信件、文件夹、旧报纸等。简言之，一直到这个时候，凡是没有固定收存地点的杂物，都堆在那张台子上。我的任务首先是把桌上那些东西清理掉，可是在清理过程中我发现，那里面有些资料是我们杂志需要的，有些则可能引起我们一定的兴趣。于是我决定仔细看看那些东西。总之，我终于没有从桌上拿走任何东西，而是增添了许多东西，但不是杂乱无章的，而是努力保持着整齐。不言而喻，桌上原来的那些资料上都有一层尘土，因此新放上去的资料也被沾上了尘土。我珍惜自己好不容易才整理出来的东西，便告诉打扫卫生的女工不要随意移动它们。这样一来，有些东西尤其是文具、纸张、信封等，得不到清扫，天天落一层尘土，几天下来就脏得像是旧的，谁也不愿再用手触摸它们了。

抽屉里也是如此！里面尽是陈旧的、沾满尘土的纸张，是这张台子几十年经历的证明：它所在的这个房间既做过公共事业的办公室，也做过私营企业的办公室。我坐在那张台子上不论干什么，过不了几分钟就觉得应该去洗洗手。

我的同事阿万德罗博士的双手，随时都很清洁，而且护理得很好：十个手指的指甲修理得清清爽爽，平平整整，或尖或圆，形状一模一样。我曾这样问过他：

"您不觉得在这里待一会儿手就脏了吗？"

"有可能，"阿万德罗博士同情地回答说，"您也许摸到过不干不净的东西或纸张吧。我冒昧地奉劝您一句，在写字台上最好不要堆放任何东西。"

阿万德罗博士的写字台，除了他当时正在办的案卷和手中的圆珠笔，的确是什么杂物也不放，干净明亮。

"这是个习惯问题，"他补充说道，"主席先生特别看重这个习惯。"

科尔达工程师对我也曾这么说过：一个领导人不在自己的写字台上堆放东西，那是因为他遇到问题不等问题积压下来便立即着手解决。可是科尔达几乎从来不到办公室来，偶尔来一次也只待一刻钟：让人呈上报表和统计数字看，或向秘书口授信函，签署信件，或向下属下达指示，交代任务，但他从不考虑各种任务的难易程度。

阿万德罗博士则不同，他不论上午、下午都待在办公室里，看上去工作很忙，但他一会儿叫速记员，一会儿叫打字员，任何文件在他写字台上停留的时间最多不超过十分钟。他桌上那个干净样子令我十分气愤。我开始注意他，这才发现：如果有什么文件在他桌上多停留一会，他就立刻把它们放到别的什么地方去。有一次给我碰上了，他手持一些无用的信件向我的办公桌走去(我去洗手，刚刚离开那里)，顺手塞到我桌子上的一个文件夹下面，然后迅速从衣兜里掏出手帕擦擦手指，再回自己的座位上去。他那桌面上仍旧是只有一张印有该协会名称的信纸和一支并排放着的圆珠笔。

我完全可以出其不意突然走进办公室，让他下不了台。但是我想，看见了，明白是怎么回事，不就行了。

因为我是从阳台上进入我房间的，玛格丽蒂小姐的这套房子的其余部分对我来说还是一片未开发的地方。她独自一人，有两个朝向院内的房间出租，我这个房间和相邻的另一个房间。那个房间的房客，听说是干警察的，我还从来没见过，只是深夜或清晨听见他归来或离去时的沉重脚步声。其他房间玛格丽蒂小姐自己住着，大概住得很宽敞。

有时候我得叫她听电话，因为她听不见电话铃响，常常由我接电话。她耳朵对着听筒时，也能听清对方讲话。所以，和本教区社团的女友们打电话聊天，是她的一项娱乐。

“玛格丽蒂小姐，电话！电话找您！”我这样大声叫她，用力敲打各房间的门，就是找不到她。我这才知道，她住的面积很大，有起居室、客厅、盥洗室，家里有名贵的古老家具，有漂亮的灯罩、小摆投、字画、雕塑、挂历等；各个房间都收拾得整整齐齐，干干净净，地板上打了蜡，沙发上铺着抽纱靠垫，一粒灰尘都没有。

最后我终于在最里边的一个房间里找到了她。她正在那里专心致志地擦地板和家具，身穿一件褪了色的睡衣，头上包着一块头巾。我用猛烈的动作指了指电话那边。那聋子迅速奔向电话机，抓起听筒，开始进行一场马拉松式的谈话，此时讲话的声调与对猫讲话时的声调没有丝毫不同。

我回到自己房间里，看到洗手池上和灯罩上落的足有一指厚的尘土，一股怒火油然而生：那女人，把全天的时间都用来把自己的房间保持得像镜子一样亮，可对待我这个房间，竟不愿用抹布抹一下。我决心找她给她点颜色看。等我在厨房里找到她时，看见那厨房比我的房间还要脏，一张旧饭桌漆面脱落，油污斑斑，柜橱里的玻璃杯没有一点光彩，墙壁上的瓷砖已翘起或熏黑，看到这种情形，我已无话可说了。因为我知道，这套房子里只有厨房才是那女人真正生活的地方，其他房间，尽管她十分珍惜，不断打扫、上蜡，只不过是一种艺术品，她在那里保留着她对美好的憧憬：为了使那些房间能保持完美的形象，她甘愿不在那里居住，从不像主人一般而仅仅是像用人一般走进那些房间；打扫之余的其他时间，她都待在油污和灰尘之中。

《净化》杂志是一份半月刊，副标题是“净化空气中的烟雾、化学散发物和燃烧排放物”，是EPAUCI即“工业城市大气净化协会”的机关刊物。EPAUCI与其他国家的兄弟协会联系密切，定期收到它们的简报和刊物，经常举行国际会议，讨论日益严重的烟尘问题和其他问题。

我从前从未研究过这类问题，但我知道编辑专业报刊杂志并不像人们想象的那么困难。多看同类外国报刊杂志，把某些文章翻译过来，再订一份文摘报和一份简报，差不多就算齐了；然后再找两三个懂行的技术人员合作，让他们定期发表些小文章；至于协会本身，只要它想开展工作，它总会有些公报呀、日程呀这一类的东西要发表，要用黑体发表这些东西；还会有人要求把他们的专利介绍当做文章给予发表。开代表大会时，你至少可以出一辑专刊；如再剩一些发言和报告，以后哪期稿件不够时，你再陆续慢慢地发。

按说社论应该由协会主席来写，可是科尔达工程师好像很忙(他担任许多工厂的执行董事，只能抽些零碎时间从事协会的工作)，便让我起草，按照他向我讲述清楚并一再强调的观念起草。我写好后，等他下次再来时拿给他看。他经常要去外地出差，因为他那些工厂分布在全国各地。有一次他对我说，他所担任的职务中，EPAUCI协会主席虽说是个荣誉性职务，却令他最为满意。“因为，”他解释说，“这是为自己的理想而战斗。”

我写社论却不是为了理想，也不想有那种理想；我不过是想替他写篇文章，让他高兴高兴，为了保住自己这个工作。这个工作比起我可能找到的其他工作，说不上好，也说不上坏。我了解科尔达的论点(“假如大家都以我们为榜样，大气层的空气今天就可以得到净化……”)，熟悉他喜好的表达方式(“不言而喻，我们不是空想家，我们是讲究实际的人……”)，可以按照他的要求一字不差地写出来。不这样写该怎么写呢？难道要把我自己的想法写出来？不，我敢担保，按照科尔达工程师的意思写出来的文章一定非常漂亮，对工业界和管理部门充满乐观主义的态度。按照科尔达的意愿写这篇社论并不难，只要变换一下我的心态，让我自己反对自己，就能具备写这篇社论必不可少的那种热情。

“我们现在处于解决飞尘问题的前夕，”我提笔写道，“这将加速空气污染问题的最终解决，”我已经看到科尔达工程师的脸上露出笑容。“私人企业对解决这一问题的技术作出的贡献，必将得到一向关心这一问题的政府部门的充分理解……”科尔达工程师读到这里一定会拿出笔标出这句话来。

我把这段话念给阿万德罗博士听。他把那双精心护理的手放在写字台中央那张白纸上，面无表情却非常客气地望着我。

“怎么？不行？”我问道。

“行，行！”他急忙回答说。

“您听文章这样结束：‘我们不能同意那些有关工业文明的灾难性预言，我们要再次申明，自由发展工业与保持人类机体所必需的健康环境并无矛盾，现在如此，过去也是如此。’”我不时望望阿万德罗，他始终低头望着写字台中央那张白纸。“‘在我们工厂烟筒的烟尘，和我国无与伦比的蓝色天空绿色植被之间……’喏，您认为怎么样？”

阿万德罗紧闭双唇惊讶地望着我，沉默片刻说道：

“喏，您的文章表述得很好，我们协会的目的，对，协会的目的，实质就是，尽一切努力争取……”

“嗯……”我若有所思地嘟哝了一下。说实在的，我本想从这个言谈委婉的同事那里得到一句不怎么转弯抹角的赞同。

两天后科尔达工程师来了，我把那篇文章交给他。他当着我的面认真阅读了那篇文章，读到结尾时把那几页纸又按顺序放好，仿佛还要重读一遍似的，不料他却开口说道：

“好。”他思索片刻接着说，“好。”他又停顿一下说道：“您很年轻。”我不同意他这个说法，但不打算反驳他。“不，这不是对您的批评，请允许我讲下去。您年轻，看得远，有信心。但是，请您原谅，目前形势很严峻，对，比您的文章使人预见的要严峻得多。让我们以公民的身份来谈谈这个问题吧：大城市空气污染非常严重，我们有各种分析，形势非常严峻。正因为严峻，我们才来设法解决这个问题。如果我们不能解决大城市的污染问题，那么我们那些小城市最终也将被烟尘吞没。”

他说着站起身来，在室内踱来踱去。

“我们不愿掩饰困难，我们为环境而担忧，我们不像那些不关心环境的人，更不像那些从中作梗的人。”

他走到我跟前停下来，压低声音说道：

“您还年轻，也许您会以为别人都同意我们的观点。其实不然，同意我们观点的人很少。我们在两面都受到攻击，是的，在两面受到攻击。但是我们决不屈服。我们大声疾呼。我们行动。我们解决问题。我希望在您的文章中听到更多这种东西，您明白吗？”

我完全明白。我知道应如何模仿与我自己的意见截然相反的意见，将这篇文章修改得完美无缺，三天之后再将修改后的文章交给科尔达工程师。于是我从头至尾进行了改写，用三分之二的篇幅勾画出一幅阴暗的画面，说明欧洲烟尘污染问题多么严重，然后用三分之一的篇幅描述我们这座城市的光辉形象，与其形成鲜明对照：我们这里天空晴朗，空气新鲜，这与我们的生产企业配置合理不无关系……，等等，等等。

为了更好地集中思想，我留在家里躺在床上写这篇文章。一束阳光从天井里斜射过来，穿过玻璃窗照进我房间，光束通过之处可见室内空气中亿万个触摸不到的灰尘微粒在飞扬。床罩上大概已经落上了这些尘粒，恐怕要不了多少时间也会落上厚厚一层，床罩也会变得黑糊糊的，像百叶窗的横板或阳台的铁栏杆。

我把这一稿交给阿万德罗博士读后，他似乎很喜欢，对我说道：

“您一定是按照科尔达主席的意见，将我们这里的形势与其他城市的形势进行了对比，您写得很好。”

“不，科尔达工程师没有对我这样讲过，是我自己想到的。”我略带生气地回答，他不该把我看得没有一点主见啊。

科尔达工程师对这一稿的反应出乎我的意料。他把打字稿往桌上一摊，摇摇头说道：

“我没有说清楚，没有说清楚。”

他首先向我介绍了这个城市工业生产的情况，如每天烧多少煤，多少柴油，有多少汽车在行驶等，然后谈到这里的气象问题，最后将我们在这两方面的情况与欧洲北方的各个大城市做了个比较。

“您知道，我们是个大工业城市，烟雾在我们这里同样存在，我们这里的烟雾不比其他地方少，所以我们不能像我国的其他城市试图认为的那样，说我们这里的问题没有他们那里严重。这一点您在文章中可以而且应该写得非常明确！我们是大气污染最严重的城市之一，同时我们又是为扭转这种局面付出最多的一个城市！您明白吗，‘同时’？”

我明白了。同时我也明白了，我与科尔达工程师之间永远也不会达到相互理解。那些熏黑了的房子，那些昏暗的玻璃窗户，那些脏得不能依扶的窗台，那里面居民的别人看不到的面孔，还有天空中这层笼罩着一切、使人们看不清一切、使一切失去其原有形状和价值的烟雾，随着秋天来临总不能再解释成气候潮湿所致吧，所有这一切对我来说体现了民众的贫困，对他那样的人来说却象征着财富、地位和权力，象征着危险、毁灭和悲剧，仿佛他们置身其中犹如顶天立地的英雄。

我第三次修改那篇文章。第三稿他终于通过了，不过他认为文章结尾有点可笑（“我们面对着一个对于人类社会的命运来说是可怕的问题。我们将解决它吗？”）。

“是不是有点显得太犹疑了？”他问道，“是不是会让人丧失信心？”

最简单的办法是去掉问号，改成“我们将解决它”，也不用加惊叹号，显得既有信心又态度温和。

“这是不是太温和了点？像不像官样文章？”

最好将这句话重复一遍，一句带问号，一句不带问号，写成：“我们将解决它吗？我们将解决它。”

这是不是要把问题的解决推到一个无限的将来呢？于是，

我们把两个动词改为现在时："我们解决它吗？我们解决它。"

写文章就是如此：先是改个标点符号，接着不得不改个字，然后又要改变一下句子结构，最后整篇文章面目全非。我们一起商讨了半个小时。最后我建议说，问句与回答中的动词不必采用同一个时态，写成："我们将解决它吗？我们正在解决它。"科尔达工程师听了十分满意，从那以后他对我的能力再也没怀疑过。

有天夜里我被电话铃吵醒。那是外地打来的长途电话。我打开灯，差不多三点，在我下决心起床，冲进走廊，在黑暗中抓起听筒之前，甚至是在梦中的第一下惊跳之前，我就已经知道那是克劳迪娅。

她的声音从听筒里喷出来，像是从另一个星球上传来的。我睡眼惺忪，仿佛看到一团耀眼的火星，其实那是她的不可阻挡的声音在回荡，是她通常讲话时夹杂在自己所说的每件事中的那种戏剧性的激情，通过电话传到玛格丽蒂小姐家的过道的深处，传到我的耳朵里。我这时意识到自己从来不曾怀疑过克劳迪娅早晚会找到我，可以说这些天来我一直在等待这一时刻。

她丝毫也没有想要问我这些日子都干了些什么，怎么跑到这里来了，甚至没有告诉我她怎么又找到了我的踪迹。她有许多事情要告诉我，但她的事情都是些极琐碎甚至通常是平庸的事，就和平常的事情一样，并且都是发生在一些对我曾是未知和不可实现的环境中的。

“我需要你，快点，立即。乘第一趟火车来……”

“我……我在这里有工作……在……”

“噢，你也许能见到爵士吧……告诉他……”

“我见不到他，我只不过是个……”

“亲爱的，你会立即上我这里来的，对吗？”

我怎么回答她呢？告诉她我住的这个地方到处都是尘土？百叶窗上有一层灰尘，我的衬衣领子上有猫的足迹？告诉她这对我来说是唯一可能的世界，是这个世界的唯一可能的世界，而她的那个世界仅仅用一个世界的幻象，能使我觉得存在吗？她是不会听我这么说的，她已太习惯于居高临下看待一切，而我的生活交织在其中并且处之自然的那种种状况是她根本注意不到的。她和我的一切关系难道不正是她这种傲慢态度的产物吗？这使她无法看清，我不过是一个无足轻重的小地方的编辑，既无前途又无野心。正因为如此，她继续把我当做她的同类看待，仿佛我也属于上流社会，是个富翁，是个艺术家，是她习惯与之交往的人。其实，有年夏天我在那种场合被人介绍给她，纯属偶然，就好像在海边浴场上经常发生的那样。她不愿弄清事实真相，因为那就等于承认她自己错了。她继续赋予我我根本就不具备的品质、权威和爱好。我究竟是什么人，这对她来说其实是个细枝末节的问题，而她在这种小问题上从来不承认自己有错误。

现在她讲话的声音渐渐温和下来，变得很温柔。这是我期待的时刻(虽然我自己并不承认)，因为只有在这相互倾吐爱慕之情的时刻，所有那些使我们有差异的东西才会消逝，我们重新发现自己仅仅是我们两个人，谁究竟是什么毫不重要。我们刚刚交换了两句爱慕的话，我身后那扇玻璃门外的电灯就打开了，传来一阵低沉的咳嗽声。那是我那当警察的邻居，他就住在电话机旁边的房间里。我立即压低讲话声，重新开始被打断的话，因为我知道别人能听见，爱慕的话语也不能讲了，结果我的话既听不清也失去了情感色彩。那盏灯终于熄灭了，电话线那头传来了一阵阵抗议：

“你在说什么呀？大点声！这就是你要对我说的话吗？”

“不，还有……”

“什么？谁在你那边？”

“没别人。你知道现在夜深了，会把别人吵醒的……”

这不是她想得到的解答，她生气了。她想知道我的反应，听到我的激情，听见能把我们之间的距离烧光的东西。可是我的回答谨慎小心，尽是抱歉和安慰的话。

"别这样，克劳迪娅，别这样，我向你保证，我求求你，克劳迪娅，我……"

邻居警察房间里灯又亮了，我把嘴唇紧紧贴到话筒上，爱情的言语变成一阵鸟叫声。

院子里清洁工们正在搬运啤酒桶。玛格丽蒂小姐的房间里传来阵阵低语，时而夹杂着笑声，仿佛有人来访。邻居警察用南方话大声骂了一句。我光着脚站在走廊的瓷砖上，克劳迪娅在电话线那头发出的热情言词向我伸出了手，而我在努力用自己断断续续的话迎着她奔跑。每当我们要在我们之间架起一座桥梁时，我们的努力和爱慕的表示均在各种冲击之下被瓦解、被粉碎。

自那以后电话铃在白天和夜里的各个时间响过，克劳迪娅的黄褐色的斑斓的声音像头豹一样冲进走廊，它不知自己已落入陷阱，纵身一跳又逃了出去，却什么也没察觉。见她搀入这肮脏的、令人失望的环境之中，我的心情错综复杂，是困惑，是爱恋，是高兴，还是残忍？我说不清楚。乌尔班诺·拉塔齐酒馆对讲机的喇叭里传来声音说“一盘水饺”，玛格丽蒂小姐的洗碗池里堆积着肮脏的盘子，在这种环境之中我仿佛看见她的形象也沾染上了尘土。不，不会的，她的声音一尘不染，沿着电线逃走了，她对这里的情况仍一无所知。我呢，每次打完电话都感到孤独和空虚。

有时候克劳迪娅很开心，无忧无虑，笑声不绝，说些毫不连贯的东西，使我糊涂，最后我也给她逗得开心地笑了。不过这时候，院里的噪声和屋里的尘土更加令我担忧，仿佛它们会妨碍我的另一种生活。有时候克劳迪娅急于想知道，我住的这地方什么样，我怎么编辑《净化》杂志。我已无法摆脱她了，时时盼望着她打电话来，最好是夜间打来把我惊醒。恰恰这时候出人意料地传来她的声音，她那么高兴，那么温柔，仿佛已经忘却了上次打电话时的不快；我呢，我还没有反应过来，不记得自己身处何方。

“你说什么？从陶尔米纳[①]给我打电话？”

“对，我和几个朋友一起在这里，这里真漂亮，你赶快乘飞机来吧！”

克劳迪娅每次打电话来，都是从一个新城市，也许她因为心情烦躁至极或高兴至极，总是要求我立即赶到她那里去，与她分担忧愁或分享幸福。我每次都要对她解释为什么我不能立即赶去，可她从来不让我把话说完，接过话茬继续讲下去，通常是严厉地指责我一番，有时也出人意料地夸奖我一下，赞扬我无意之中讲出的某一句话让她感到宽慰，令她崇拜。

当话务员或夜班值班员提醒我们说“必须中断通话”

---

① 西西里岛东海岸著名的旅游城市和疗养胜地。

时，克劳迪娅总要补上一句说：“那么，你几点到？”仿佛我们已经达成了协议似的，我只好支吾其词，把一切都推到下次我给她打电话或她给我打电话时再说。我相信克劳迪娅会立即改变她的计划，请我立即前往的邀请还会在不同场合提出来，但我若每次推迟行期，她都能找到合适的解释。其实我内心里仍有一丝后悔，我并不是绝对不能离开，我可以找个借口预支下月工资，请三四天假呀；我反复考虑，感到内疚。

玛格丽蒂小姐什么也没听见。她即使路过走廊看见我在打电话，也只是点点头跟我打个招呼，一点没看出我的心情有多么激动。那个邻居却不然，即使他待在房间里，也什么都能听见，我不得不对我的任何感情流露进行防范，避开他那锐利的嗅觉。幸好他几乎不待在家里，我打电话时可以放任自流，无拘无束，只要克劳迪娅高兴，我们就可以进行灼热的对话，那时我们每一句话都充满激情和亲密，能在内心里引发快感。有时那警察邻居躲在门后偷听，虽然她完全放开了，我却受到约束，只能用简单的言词回答她那热情奔放或脉脉含情的表白；有一次我确实看见他满脸黑胡子，探头窥视我。他身材矮小，换个地方决不会引起我注意。但是，在这里，在这穷苦的人们居住的房子里，又是深夜，我打长途电话谈情说爱，他则刚刚下班回来，我们都身穿睡衣，在这种情况下相见，彼此决不会怀有好感。

克劳迪娅讲话时常常提到一些名人，都是她交往的人。我呢，首先，我不认识那些名人；其次，我也不愿那些名人吸引我的注意力。所以，我不得不答话时，总是避免提到他们的名字，兜着圈子说话，克劳迪娅不明白我为什么这样做，跟我发火。关于政治问题，我一向躲得远远的，因为我这个人不愿抛头露面。现在来到这个半官方的机构任职，我自己给自己定了一条规矩：既不过问这一派的事，也不过问那一派的事。克劳迪娅也不知怎么了，有天晚上问起我对一些议员的看法。那时那个警察正在门后偷听，我却须要立即给克劳迪娅一个答复，于是说道：

"第一个嘛，你说的那第一个……"

"谁？你在说谁？"

"那个，对，比较胖的，不，不，个子比较矮的……"

总之，我爱克劳迪娅。但是，我很不幸。她怎么才能理解我的不幸呢？有人命中注定要过平庸的生活，默默无闻，因为他们经历了痛苦或不幸；有人却故意这样做，那是因为他们得到的幸福超过了他们的承受能力。

我在一些供应套餐的餐馆吃饭。这座城市的套餐馆都是来自托斯卡纳的人经营的，他们相互都有亲戚关系，而且那里的女服务员都来自一个名叫阿尔托帕世奥的地方。她们在这里度过自己的青年时代，心里却惦记着阿尔托帕世奥，与本地人从不交往，傍晚出去散步，从不远行，还要找在这里餐馆厨房或机械厂工作的来自阿尔托帕世奥的小伙子做伴。他们通常都离餐馆很近，仿佛餐馆就是他们家乡的近郊村镇。她们专找这些小伙子结婚，婚后有的回阿尔托帕世奥去，有的继续留在这里，在他们的亲戚或同乡开的餐馆里做工，省吃俭用，盼望有朝一日自己也能开个餐馆。

在这些餐馆里用餐的顾客也可想而知，除了每天过往的客人外，固定的顾客就是那些单身职工、学生或军人，多数是男的，也有少数女的。这些顾客来这里用几次餐就相互熟悉了，吃饭时不论是否坐同一张桌，都相互热情交谈。有的人开始时并不相识，但后来则养成了在一起吃饭的习惯。

顾客们也经常和那些阿尔托帕世奥的女服务员开玩笑，当然都是善意的玩笑，问她们有对象没有，或说上几句俏皮话。实在没什么好谈的时候，就打开电视机，评论起近期常看见的这个或那个演员来，说这个讨人喜欢，那个不讨人喜欢。

我从不参与他们的谈话，除了点菜，什么话也不说。就是点菜也老是这两句：奶油面条，煮肉配青菜。因为我正控制饮食呢。对那些年轻姑娘，虽然我早已知道她们叫什么名字，但从不称呼她们的名字，坚持称呼她们“小姐”，以免和她们过于亲近。这个餐馆我不常来，可以说是个偶然的顾客。今后我也许会天天来，也许能坚持许多时间，但我希望自己像个过路客，今天在这里，明天也许就到那里，否则我心里就会感到不安。

我并不是厌恶这里的人。不，这里不论是工作人员还是顾客都是好人，都很讨人喜欢，那种亲切的气氛更令我陶醉。如果没有那种气氛，我也许会觉得缺少点什么。但是，我宁愿旁观，不愿参与。我避免和其他顾客交谈，避免和他们打招呼，因为结识一个人很简单，但结识以后却需要保持相识关系。比如，有人随便问了句："今天晚上演什么？"然后就和别人一起去看电视或看电影；从那以后他经常要和一些毫不相干的人结伴而行，向他们讲述自己的事情，或听他们讲述他们的事情。

我尽量找空着的桌子坐，摊开上午或下午的报纸（我上班的路上买份报纸，浏览一下标题，然后等吃饭的时候再好好看），开始从头到尾认真阅读。如果找不到空闲桌子，不得不和别人坐一张桌子时，那张报纸对我就更加重要了：我埋头看报，谁也不会来打搅我。不过我尽力找个空桌子一个人坐，研究尽量推迟吃饭时间的办法，等大批的人吃完饭走后再去。

晚到的缺点是桌子上有面包渣。常常是前面的顾客刚刚起身，我就坐过去，桌面上尽是面包渣。这时我尽量不把目光投向桌面，等服务员来把脏杯子和盘子收走，擦干台布，撤去脏罩布，在上面再铺上一块干净的罩布。有时这道工序进行得很仓促，台布和罩布之间仍然留有面包渣，我心里非常不高兴。

去吃午饭，最好是留意这样的时刻，服务员认为不会再有顾客来了，开始认真清扫餐桌，为晚饭做准备；然后整整一家人，也就是老板、服务员、厨师和清洁工，一起收拾一张台子坐下来准备吃饭。这时候我走进餐馆说："噢，我是不是来得太晚了，还有东西吃吗？"

"怎么能没有呢？请坐，您随意坐哪里！丽莎，快侍候这位先生。"

我挑选一张干净而漂亮的桌子坐下，立即有个厨师下厨房去给我备菜。我打开报纸阅读，然后慢慢用餐，听他们边吃饭边说笑，讲述阿尔托帕世奥的地方故事。吃完每道菜我都要等一刻钟，因为那些小姑娘都坐在那里吃饭、说笑。等得不耐烦时我便催问："小姐，水果……"他们回答说："好了，安娜你快去！喂，丽莎！"我对这种办法非常满意。

我吃过饭，读完报纸，把报纸一卷握在手里，走出饭馆回家；爬上楼梯，进入房间，把报纸往床上一丢就去洗手。玛格丽蒂小姐窥视我什么时候回来，什么时候再出去，等我一出门她便来拿报纸看。她不好意思找我要报纸看，所以悄悄来拿，在我回来之前再悄悄放回我的床上。她好像有点害羞，怕人笑话她浅薄，因为她就看一种消息：讣告。

有一次我进门时正好碰着她手里拿着报纸，她非常羞愧，觉得有必要加以解释：

"对不起，有时我来拿报纸看看死人的消息，您知道，那些死人中有些是我的老相识……"

我已习惯晚点吃饭。有时看电影晚了，走出电影院脑子昏沉沉的，站在霓虹灯下更觉得周围一片昏暗，天空一层烟雾吞噬了这座城市的景色。我看看时间，心想那些小餐馆可能已经关门了，已是过了我平时吃饭的钟点，再说我也来不及赶到那里去了。于是，我决定到乌尔班诺·拉塔齐酒馆，就是我房间下面的那家酒馆，去随便吃点东西。

从街上走进酒馆，不仅光线由暗到亮反差很大，而且世界仿佛也变了个模样：酒馆外面行人稀少，没有光彩，一切都模糊不清；酒馆里面则柜台表面光亮照人，切片机上的生火腿红白相间，服务员的绿色服装鲜艳夺目，金色的啤酒闪闪发光。这里顾客满堂，一切东西有形有色，清晰可辨。我走在街上遇到的行人，既看不清他们的体形也看不清他们的面孔，他们仿佛都是幽灵，我也是一个幽灵；来到这里我才看清那么多陌生的面孔，有男人的面孔，也有女人的面孔，如花似玉，各不相同。开始时我还幻想自己能保持一个幽灵的形象，但很快我就发现自己也和他们一样形色具备，我的形象映照在镜子里，可以清楚看见早晨刮过的胡须又长了出来，我就是想躲也躲不开呀。这里的烟民吞云吐雾，浓浓的烟雾顶着天花板在室内弥漫，但它仿佛自成一体，仿佛是道配菜，既不影响也不改变其他事物的本质。

柜台附近人群拥挤，我用力挤过去，时而回头望望大厅。大厅里每张桌子上都笑语不断。一旦有人站起来，我便坐到他那张椅子上，并设法引起服务员的注意，让他给我摆上托盘，杯垫，一扎啤酒和菜单。可在这个乌尔班诺·拉塔齐酒馆里，我每天夜晚为之不能入睡，已熟悉了它的作息时间、工作节奏和嘈杂声音的酒馆里，我费尽心机却不能让服务员听到我的声音。

“喂，请来一盘奶油土豆圆子。”我说道。

服务员终于听见了我的声音，并对着对讲器一字一字地说道：

“一份奶油土豆圆子！”

这使我想到扬声器把这句话传到厨房里会变成什么样子，也使我仿佛既趴在酒馆的柜台上同时又躺在自己房间的床上。我努力区分周围又吃又喝欢快谈笑的声音和刀叉杯盘相互碰撞的声音，企图找出我每天夜晚听到的那种噪声。

在世界的这个角落里，线条明朗和色彩鲜艳的背面究竟是什么呢，我渐渐意识到了，而且我就是它们的背面的一员。也许灯光明亮、一目了然的这一面就是背面，事物真正重要的一面恰恰是处于阴暗之中的那一面。乌尔班诺·拉塔齐酒馆之所以存在，不就是因为在黑暗中可以听见它那变形了的声音"一份奶油圆子"？听到啤酒桶相互撞击的声音吗？不就是因为阴暗的街道被霓虹灯的灯光打破，昏暗的玻璃窗户后面躲着看不清面孔的人吗？

一天早晨，克劳迪娅的电话吵醒了我。这不是长途电话：她已经来到这座城市，就在火车站。她刚下卧铺车厢，发现丢了一个箱子，就打电话给我。

我赶到火车站时，她正满脸笑容地领着一队搬运工往车站外边走，几分钟前给我打电话时的焦急心情已经一扫而光。她长得漂亮，穿着考究，我每次见到她时，都觉得她光彩照人，不同寻常。她突然对我说，她对这个城市产生了兴趣，还夸奖我搬到这里来住。虽然这天天气阴暗，她却说这里光线好，街道上的色调也好。

她在一家大宾馆订了房间。我走进那家宾馆的大厅，询问服务台，打电话通知她，乘电梯上楼，处处感到拘束，感到不自在。由于某种工作上的关系，克劳迪娅到这里来住几天，也许她就是为了来看我，我很感激她，但这同时也使我窘迫不堪。因为这使我清楚地看到，我与她的生活方式之间存在着多大的差异。

然而那天上午我还对付得不错，还抽空去了趟办公室，提前支取了部分薪金，以应付这突如其来的花费。问题是领她上哪里去吃饭，因为我不熟悉这里的高档餐厅和风味餐厅。作为第一项活动，我想最好还是带她到山上去转转。

我叫了辆出租汽车。现在我才发现，这里的居民，工资达到一定水平的，都有自己的汽车（甚至我的同事阿万德罗博士也有自己的车），我却没有车，不过我也不会开车。我自己对生活是一无所求，但是现在面对着克劳迪娅，我却感到羞愧。克劳迪娅呢，她却坦然处之，她说，我手上要是有辆车，那简直是个灾难。她一点不顾及我的情面，一向贬低我的生活能力，仿佛她对我的看法很有根据。究竟她有什么根据，我也搞不清。

言归正传吧！我们叫了辆出租汽车：那汽车破破烂烂，司机还是个老头。我尽力开着玩笑，想使这些与我们毫不相干的事情变成笑料，一笑了之，因为我生活中这类事情太多了；克劳迪娅却不能容忍那破车，仿佛这种事情不应该让她碰上。在这种情况下，我真不知道是应该藐视我的命运呢，还是听天由命。

我们沿着城东绿色的山坡向山上爬。天空渐渐晴朗了，秋季的金色阳光洒满大地，田野的颜色也趋向金黄色。我在汽车里抑制不住自己的感情，拥抱了一下克劳迪娅，因为她的到来唤醒了我对她的爱，也因为车窗外面道路两旁闪闪而过的绿色与金黄色的景象打开我的心扉(为了拥抱她，我摘下了眼镜)。

带她去吃饭以前，我让司机拉我们去山顶能看见全景的地方。我们下了车。克劳迪娅头戴一顶黑色大帽子，自转一周，让风吹开她的裙子，我则左右跟随着她，指给她看远处阿尔卑斯山白雪覆盖的山峰(我随便说出各山峰的名字，因为我也分不清哪个山峰是哪个名字)和近处波浪起伏的山脊、丘陵、村庄、道路和河流，指给她看山下这座城市，灰暗的和明亮的建筑物鳞次栉比显得非常渺小。我心里充满了世界广阔的感觉，不知是因为克劳迪娅戴的那顶帽子和她那随风飘荡的裙子，还是因为眼前这片景色。秋天了，这里天空还算秋高气爽，不过仍有一些面积不等、形状各异的凝聚物：山脚下凝集着一块块浓雾，河流上笼罩着一股股潮气，天空中飘荡着一缕缕散云。我们倚着栏杆。我搂着她的腰，面对这千姿百态的自然景观，顿时觉得自己的地理和气象词汇十分贫乏。她呢，感慨万分，随时在用深情的言词表达自己的各种感受，但她说出来的话并非描述眼前的景色。恰恰在这个时候我看见了那个东西，一把抓住克劳迪娅的手腕并用力攥着说道：

"你看！往下面看！"

"看什么呀？"

"那下面！看！在动的！"

"那是什么？你看到了什么？"

怎么对她解释呢？那东西和云雾差别不大。空气中的潮气遇到冷空气带便开始凝结，凝结的方式不同会产生不同的颜色，呈灰色、蓝色、白色或黑色。那东西说不清是什么颜色，像咖啡的颜色，又像沥青的颜色；更确切地说，那东西一会儿边上呈这种颜色，一会儿中间呈这种颜色，就像有块脏东西不仅把它弄脏，而且同时在改变它的浓度（在这一点上它和其他云层也不一样）。它比重很大，离地面不高，在斑驳陆离的城市上空慢慢飘荡，一会儿吞噬了城市的这一片，一会儿吐出了城市的那一片，在它所经过的地方总会留下一片污浊的痕迹。

"烟云！"我对克劳迪娅大喊道，"你看见了吗？那就是一片烟云！”

她根本没有听我说话，正全神贯注地想着刚才看见在飞的某样东西，那是一群鸟。我继续望着那片烟云。这是我第一次置身于烟云之外看这片烟云。它曾每时每刻笼罩着我，我生活在它之中，它也生活在我的心中。我知道，在周围这个丰富多彩的世界之中，就是烟云令我担忧。

晚上我把克劳迪娅领到乌尔班诺·拉塔齐酒馆吃晚饭，因为除了这种套餐馆外，我不认识任何别的餐馆。另外我也担心别的地方价格太贵。带着克劳迪娅这样的小姐进乌尔班诺·拉塔齐这种酒馆，简直是另一种感受：身穿绿色工作服的服务员，个个受宠若惊，给我们挑了一张最好的桌子，把特色菜用小车推到我们跟前来让我们挑选。我尽量表现出骑士的风度，但同时也觉得他们已认出我是住在楼上的房客，是到这里来站在柜台边吃快餐的顾客。这种心理使我言谈举止平淡无味且滑稽可笑，很快克劳迪娅便对我的表现表示不满。我们争吵起来，但争吵的声音被酒馆里的噪声掩盖了。尽管大家听不到我们争吵，服务员却老是盯着我们，随时准备满足克劳迪娅的要求，其他顾客也盯着我们，好奇地望着这位长相漂亮、穿着入时、讲话颇有权威却被一个唯唯诺诺的男人陪伴着的小姐。我发现他们都在听我们争吵，同时也发现，克劳迪娅这个平时就看不起周围人的女性，现在更不愿掩盖自己的不快。我觉得大家都在等待这一时刻的到来：克劳迪娅一生气站起身撇下我就走，还我一个不为人注意的普通人的形象，就像墙壁上一块司空见惯的潮湿的斑点。

与他们的愿望相反，我们争吵之后通常是友好的和解。晚餐已接近尾声，克劳迪娅知道我就住在附近，对我说道：

“我到你住处去看看。”

我带她上乌尔班诺·拉塔齐酒馆来吃饭，是因为我就认识这一家套餐馆，不是因为这酒馆离我住的地方近。我还真担心她要上我家，哪怕是站在大门口看一眼呢。我想她粗心大意，也许不会产生这种想法。

这下糟了，她要上屋里看看。我尽量夸大那房间的缺陷，想以开玩笑的方式打消她的念头。她却一边上楼梯，一边往屋里走，一边夸奖那房子怎么好怎么好，古老，建筑风格独特，古建筑实用，等等。我们走进房间，她却说道：

“你说什么呀？这房间太漂亮了！你还要它怎么样？”

为了帮她脱下外衣，我立即走到洗手池边洗洗手，我觉得我的手和平时一样又弄脏了。她呢，恰恰相反，用那双轻巧的手到处抚摸室内的家具。

没过多大工夫，房间里到处都是她的衣物：纱巾、帽子、狐皮外衣、丝绒裙子、薄纱衬裙、缎面鞋、长筒丝袜等。我尽量把这些东西都收到衣柜或抽屉里，因为我怕它们放在外面才一会就会沾满尘土。

克劳迪娅已脱光衣服，露出白皙的肌肤，躺到那一拍就可能腾起一阵灰土尘雾的床上。她顺手从旁边的书架上抓了一本书。“小心尘土！”我说，她却打开书，翻阅一阵后，把书丢在一边。我望着她那依然娇嫩的胸膛，粉红的乳头，担心书上的尘土会落到她身上，于是伸手去擦掉可能落到她乳房上的尘土，可我这一动作又好像是在抚爱她。

她的皮肤白皙、光滑、富有弹性。台灯的灯光照到她身上，灯光中微小的尘粒像毛毛细雨一样纷纷扬扬，眼看就要落到她的身上。我赶紧扑到她身上，搂着她，其实我是想遮挡住她，保护她，让尘土都落在我身上，别落在她的身上。

克劳迪娅走了，对我有些失望，也有点厌倦，尽管她坚持对未来抱有美好的看法。她走后，我更加勤奋地投入编辑工作，一方面因为克劳迪娅的来访占用了我一些时间，耽误了下一期杂志的准备工作，另一方面我想尽力忘掉她，再就是因为我对《净化》杂志所讨论的问题，不再像刚来时那样，认为它与我无关了。

这一期还没有社论，科尔达工程师也没有告诉我有关精神，只简单地说了句："您看着写了，拜托。"我着手写这篇老生常谈的社论，写着写着便开始描述我亲眼所见的笼罩在城市上空的那块烟云，描述烟云下面人们如何生活，描写古建筑的前脸和众多凹凸不平的装饰上积存的黑垢，描写现代建筑平滑、单调、方形的前脸失去原来的色彩,描述白领阶层无法保持衣领干净半天。我这样写道:对,现在还有人生活在烟尘之外,古往今来一直有人生活在烟尘之外,有人甚至可以穿过烟云或在烟云中停留以后走出烟云,丝毫不受烟尘味道或煤炭粉尘的影响,保持原来的生活节奏,保持他们那不属于这个世界的干净样子,但重要的不是生活在烟尘之外,而是生活在烟尘之中,因为只有生活在烟尘之中,呼吸像今天早晨这种雾蒙蒙的空气(冬季的浓雾已使一切街道变得灰蒙蒙的),才能认识问题的实质,才有可能去解决问题。我很快发现,我这是在和克劳迪娅争论呐,于是把文章撕掉,也没有拿给阿万德罗看。

我对阿万德罗博士还不太了解。有一个星期一的早晨,我走进办公室,知道我见他什么模样吗?晒得又红又黑!对,他那苍白的面孔晒得红里透黑,前额和颧骨上还有几处被阳光灼伤的痕迹。

“你怎么了?”我问道(近来我们已开始用“你”称呼对方)。

“我滑雪去了。初雪,太棒了,细得跟面粉一样。星期天你也来滑雪吗?”

那天以后他就把我当做他对滑雪爱好的知音。我说知音，那是因为他跟我谈滑雪时使用的词汇，远远超过了对滑雪运动的一般爱好：他准确地描写各种动作的几何线条，准确描写各种滑雪器械的功能，准确描写那白皑皑的雪景。他这个规规矩矩、无可指责的职员，竟在自己的描述之中流露出对自己工作的异议，有时超然地微笑，有时奸险地挖苦："嘿，那才叫《净化》呢！烟尘？拜拜，我把它留给你们吧！"然后立即更正说："不，我这是开玩笑……"总而言之，我明白了，他虽然为人忠实，但对这个协会和科尔达工程师的理想并不太相信。

有个星期六的下午我遇见阿万德罗博士，他一副滑雪的装束，头戴一顶大沿帽，急急忙忙朝一辆大轿车走去，那车边已挤满了要去滑雪的男男女女。他得意地向我告别说：

"你就留在城里？"

"对。出去有什么用呢？明天晚上你不还得回到这里？"

他那大沿帽下双眉紧锁，回答我说：

"要城市干什么呢？不就是为了星期六和星期天出去？"

他加快脚步向大轿车走去，因为他对如何在行李架上摆放雪橇有新的建议要和大家讨论。

成千上万的人和阿万德罗一样，整整一星期在这昏暗的城市里工作，为的就是周末能出去。对他们来说，城市已经无可救药,城里的一切工作都是为了制造能够数小时摆脱城市然后再回到城里来的手段。滑雪季节之后,阿万德罗去郊游,去钓鱼,去海边,去山区,去照相。他的经历就是他的各种交通工具的历史(由于和他经常交往,我已了解他以往的生活),先是一辆带小马达的自行车,然后是一辆小摩托车,然后是一辆大摩托车,现在是一辆微型汽车,今后的理想是越来越舒适、越来越快速的各种轿车。

这一期《净化》即将付印，科尔达工程师还没有读过清样。那天我在EPAUCI协会等他，他一天没露面，傍晚的时候才打电话来，让我带着清样到Wafd工厂去找他，说他无法离开那里。他还要派他的司机开车来接我。

科尔达工程师是Wafd工厂的常务董事。我坐上他那豪华的轿车，躲在后座上，双手捧着清样搁在膝盖上。汽车穿过陌生的街区开到市郊，又沿着一段围墙开进宽敞的铁栅栏，大门口的守卫还举着手敬礼，最后在厂部办公楼门口的台阶处把我放下。

科尔达工程师坐在办公桌后面，桌上摊着几大张纸，厂里的一些领导站在办公桌四周。他们正在讨论厂里的账目或生产计划。

“对不起，请您稍等一下，”他对我说道，“我这就见您。”

我向他身后看去。他身后有个大玻璃窗户，从那里可以俯瞰整个工厂。在这傍晚的浓雾中，能看见的东西很少，那最前面的像是一条提升运输线，把一斗斗(我想是)铁砂运上去。铁斗排列成队，跳跃式地微微荡漾着上升。这种运输方法好像会把铁砂抖出来，我似乎已经看见细细的矿尘在空中飞舞，有的已散落在科尔达工程师的玻璃窗上。

这时候科尔达工程师让开灯。室内突然明亮的灯光照在玻璃窗上，玻璃上的铁砂微尘在室外黑暗的背景中闪闪发光，宛如银河系中的群星。窗外近处的东西已看不清了，远处一根根巨大的烟囱的影子倒是显得更为清楚。在那一盏盏红灯的上方，一条黑色的带子在空中飘然上升，侵吞着夕阳的光辉。

科尔达和我研究《净化》杂志的清样，作为EPAUCI协会的主席，他立即对各种问题表现得非常兴奋，非常关切，当着Wafd工厂领导人的面就杂志的每一篇文章对我发表评论。我虽然是协会的一名工作人员，但在协会办公室里我曾多次直截了当地提出反对意见，在思想上还认为自己是烟尘的支持者，是秘密打入对方参谋部里的烟尘的代理人呢。现在我才明白我那种态度是毫无意义的，因为科尔达工程师才是烟尘的主人，是烟尘的制造者，是他不停地向空中释放烟尘。EPAUCI协会是他的宠儿，他制造出这个协会的目的，是为了让制造烟尘的人抱有可以过着没有烟尘生活的希望，同时也为了显示他个人的力量。

科尔达对这期杂志很满意，他要用车送我回家。那天傍晚下大雾，沿路街灯很少，灯光很弱，可见度非常差，汽车开得很慢。主席先生的情绪很高，向我描述未来城市的线条，花园式街区，花园式厂区，驱逐烟筒排放烟雾的火箭装置，等等。他指着黑洞洞的车窗外面，仿佛他想象中的东西已经在那里存在。我听他讲述，心里不知是对他感到害怕还是崇拜。我发现他既是一个出色的工业家，又是一个幻想家。在他身上这两种品质同时并存，无法区分。

突然我仿佛认出了自己的住处。

“停车，就在这里停车吧，我到了。”我对司机说道。

我跟他们告别，表示感谢，下了车。汽车走远后，我才发现自己认错了地方。这个街区我一点也不认识，四周什么也看不清。

我在饭馆里用餐，仍然是孤独一人，埋头看报纸。有一次我发现那里还有个顾客，吃饭时跟我完全一样。没有空位子时，我们有时也坐到一张桌上，但都举着报纸遮挡着自己。我们看的报纸互不相同。我看的是这里人人都读的那份，城里最重要的报纸，因为我不愿标新立异，看与众不同的报纸以招人注目，更不愿(像我的同桌那样)突出自己的政治观点。我从不关心政治，与各政党保持着一定距离。可在那餐厅里，有几个晚上，我放下报纸时，那同桌却问道："可以吗？"示意要拿我的报纸看，并把他的报纸递过来说："您若愿意看看这份……"

就这样我有时也浏览一下他的报纸。他的报纸可以说是我的报纸的反面，不仅观点相反，而且它所探讨的问题对我看的这份报纸来说根本就不存在，如雇员被解雇，机工被齿轮绞了手（甚至还登这些人的照片），家庭补贴一览表等。更明显的是，他那份报纸讲究编辑技巧，以各种生活经历吸引读者，例如少妇离婚等，但都是用一些平凡的、重复不变的灰色的语言写的，而标题则突出反映事物的消极面。该报纸的印刷也是灰色的，字号很小，只有一种黑体。但是，我却在想："嗯，我喜欢这份报纸。"

我把自己这个印象讲给我的同桌听，当然要尽量避免涉及某些消息或观点（他已经问我怎么看待有关亚洲的那条消息），尽量把对某些缺点的看法说得委婉一些，因为我觉得他是个不愿听别人批评的人，而我呢，又不愿和他进行辩论。

其实他是个胸有成竹的人，我对那报纸的赞扬显得肤浅和不切实。"告诉您吧，"他说道，"这份报纸办得还不够好，还不像我想象的那样。"

他年纪很轻，棕色皮肤，身材虽不高，长得却很魁梧，拳曲的头发梳得光光的，稚嫩的脸庞白里透红，线条匀称，眉毛很重，脸上那自信的表情给人一种傲慢的印象。他的穿戴却有点过分考究。

"它还很一般，缺乏准确性，"他接着说道，"没有体现我们自己的特色，和其他报纸相差无几。我认为报纸应该由它自己的读者来办，应该对工业社会里发生的一切进行准确而科学的报道。”

“您是哪家工厂的技术员吗？”我问他。

“是技术工人。”

我们相互做了介绍。他叫奥马尔·巴萨鲁齐，听说我在EPAUCI协会工作时，他对我的工作表现出极大的兴趣，问了我一些数字准备下次写报告用。我和蔼地告诉了他一些参考书（当然是大家都能看到的，毫不涉及我工作中的秘密），他掏出笔记本像做图书卡片那样做了记录。

“我负责统计工作，”他说，“在统计方面，我们这个组织很落后……”

我们穿上外衣准备离开。巴萨鲁齐穿件运动式外衣，式样很好看，头戴一顶防雨布帽。

“非常落后。”他接着说，“但是，我认为统计工作十分重要。”

“您有时间业余从事统计工作吗？”我问道。

“要知道，”他回答说（他总带着站在讲台上居高临下讲课的口气），“这完全是个方法问题。我白天在工厂上八小时的班，晚上每天都有会，有时星期天还要开会。这就要善于组织安排。我把工厂里的年轻人组织起来，分成几个调查小组……”

“跟您一起干的人多吗？”

“不多，可以说越来越少，我们一个一个地被他们辞退。”然后指着报纸说，“您哪天一定会在这上面看到我的相片和这样的标题：又一个同伴遭到报复被辞退。”

夜里街上气温很低，我掀起衣领护着头；奥马尔·巴萨鲁齐也掀起了衣领。他边走边讲，嘴里吐出的热气很快就在他嘴唇周围结了一层薄霜。每当他讲到激动的地方，总要从口袋里掏出手并收住脚步，仿佛不说清楚那一点，他就无法前进。

我已经不再听他讲什么，而是一心在想，奥马尔·巴萨鲁齐这种人并不躲避我们身边这层灰蒙蒙的烟雾，他是要把烟雾变成某种道义上的价值，变成一种内在准则。

“烟尘……”我脱口而出地说道。

“烟尘？我知道科尔达想做个现代工业家……净化大气层……好，让他去跟他的工人们讲吧！大气层如要净化的话，决不是由他来净化……这是社会制度问题……如果我们能够改变这个社会制度，我们也一定能够解决烟尘问题。解决烟尘问题的将是我们，而不是他们。”

他邀请我同他一起参加本市各工厂的工会代表大会。我坐在烟雾弥漫的会议大厅后面，奥马尔·巴萨鲁齐坐在主席台上。主席台上的成员都比他年长。会议厅里没有暖气，参加会议的人都穿着大衣，戴着帽子。

发言的人一个个要走到主席台旁站着发言。他们的发言千篇一律，既没有激情，也不讲究辞藻，连怎么开头，怎么展开，都似乎遵照某种约定的方式进行。听众席上有时因一句有争议的话也会出现轻微的骚动，但即使有争议也很隐蔽，首先要肯定发言人前面已经讲过的话。我觉得，许多发言是反对奥马尔·巴萨鲁齐的。他坐在主席台靠边一点，微闭着眼睛，一手撑着面颊，一手掏出烟斗，再掏出烟丝袋填满，一边抽烟一边倾听大家的发言。

会议大厅已是烟雾腾腾。有人建议把上面的小窗户打开一会，一阵凉风袭来，换新了空气，但也带进来了外面的浓雾，没多大工夫大厅的这头已看不见那头了。我坐在自己的座位上，望着前面人的背影，有人已掀起衣领；隐隐约约看见坐在主席台上的那排人都裹着大衣，旁边站着的发言人衣服穿得厚得像狗熊。不仅他们被这层浓雾笼罩着，他们的发言、他们的意愿也被这浓雾笼罩着。

二月份克劳迪娅又来看我。我们一起上河滨公园里的一家高档餐馆吃饭，坐在窗户旁透过玻璃窗欣赏由河岸、绿荫和清新空气构成的自然风光。

我们谈话很不投机，在美的问题上各持己见。

“你们男人丧失了对美的感知。”克劳迪娅说。

“不，美要靠人不断去想象。”我说。

“美就是美，美是永恒的。”

“不，美产生于对立。”

“哈，古希腊人的观点！”

“那么，希腊人怎么说的呢？”

“美是一种文化！”

“往下说……”

“你说啊……”

我们可以这样无休止地一直争论下去：“这个公园，这条河流……”

（但我心里在想：“这个公园，这条河流，这些都是次要的，它们只能给予我们宽慰。古典的美不可能和现代的美相互矛盾。”）

“这条白鳝……”

这家餐馆的大厅中央有个玻璃箱即水族箱，里面有些鳗鱼在游弋。

“你看，你看哪！”

几个顾客走到水族箱旁，看来是这家餐馆的贵客，是一家爱好美食的殷实家庭：母亲、父亲、长女和小儿子。身穿黑色礼服、白色衬衣，体格高大而肥胖的餐馆经理陪着他们，手里拿着一只笊子，像孩子们捕捉蝴蝶用的网。全家人全神贯注地望着水族箱，过了一会那夫人抬起手指着一条鳗鱼。胖经理迅速放下笊子捞起那条鳗鱼。鳗鱼张大嘴喘息着拼命挣扎，胖经理举着笊子像举着长矛似的向厨房走去。那家人望着经理离去，然后回到自己桌边坐下，等候烹饪好的鳗鱼回来。

"残忍……"

"文化……"

"残忍，太残忍了……"

我们没叫出租车，步行走出餐厅散步。河边的草地和树干，被河面上升起的一层浓浓水汽覆盖着，这是来自大自然的潮气。克劳迪娅裹着裘皮大衣，掀起衣领，手上戴着裘皮筒子，头上戴着皮帽。我们手挽手在河边漫步，仿佛这卷画中的一对恋人。

"真美……"

"你的美……"

"那有什么用呢？我们……"

"美是永恒的呀。"我说。

"哈，你现在在说我刚才说过的话吧？"

"不，我说的是反话……"

"跟你没法辩论。"她生气地说。

她用力摆脱我，仿佛要自己独自在河边散步。一股浓雾擦着地面袭来，那穿着裘皮衣服的身影仿佛离开了地面在空中飘荡。

晚上我把克劳迪娅送回宾馆。宾馆大厅里挤满了身穿晚礼服的男士和袒胸露背的女士。这家宾馆为给慈善事业募捐,狂欢节正举办通宵舞会。

“太好了!你留下来陪我?我上去换身参加晚会的衣服。”

我这个人不爱通宵达旦跳舞,不愿接受她的邀请。

“我们没有请帖呀……再说我也没穿黑色衣服……”

“我不用请帖……你是我的舞伴……”

她急忙上楼换衣服。我留在大厅里不知何处藏身。那里挤满了年轻姑娘,她们显然都是第一次穿晚礼服,进入舞厅之前激动得往身上洒香水或相互窃窃私语。我躲在屋角里,装做是被派来送货的售货员。

电梯门打开了，克劳迪娅走了出来。她换了一条卷边长裙，袒露的胸前戴了一条珍珠项链，眼前还戴着一个闪闪发光的小面具。我不能再装售货员了，立即迎着她走过去。

我们一起步入舞厅，大家的目光都被她吸引住了。我找了一个长鼻子的假面具古第昂戴在脸上，开始和她跳舞。克劳迪娅翩翩起舞，跳到哪里，哪里的人便让开，站在一边看她跳舞。我不会跳舞，总想躲在人群中间跳，避免让人看见。克劳迪娅则说我一点也不开心，说我不会娱乐。

舞曲结束后，我们朝自己的座位走去，经过一群男士旁边时，啊，我和科尔达工程师碰了个迎面。他身穿燕尾服，头戴一顶橘黄色舞会帽子。我不得不停下来和他打招呼。

“博士，我真没想到，这竟是您！”他对我说，眼睛却盯着克劳迪娅。我明白，他是说他没有料到，这位漂亮小姐的舞伴竟是我这个身穿平日上班衣服的人。

我只好给他们做介绍。科尔达吻了克劳迪娅的手，并向她一一介绍了和他一起的年长绅士；克劳迪娅仍是那副傲慢且漫不经心的样子，根本不注意听那些人的名字(我却自言自语地在说：“天哪，是他。”因为那些人都是当地工业界的名人)。然后科尔达又介绍我说：

“这位是我们杂志的编辑，就是那本由我担任主编的

《净化》杂志呀，我们……”

我明白，他们都被克劳迪娅的美丽惊呆了，言不由己。因此，在他们这些人面前我显得反比他们胆大多了。我也知道接下来会发生什么事，我是说科尔达已经迫不及待地要邀请克劳迪娅跳舞。于是我回答他说：

“对，我们一会儿见……”

我点头向他们致意，带着克劳迪娅走下舞池。然而，她却说道：

“你说，你会跳这个舞吗？你听这是什么舞曲呀？”

我什么也听不见，只觉得我出现在克劳迪娅身边，这在某种意义上扫了他们的兴，也许他们自己还没有反应过来呢。我心里非常高兴，一边哼着“嘣，嚓，嚓”，一边假装跳那种我并不熟悉的舞步；我轻轻拉着克劳迪娅的手，让她可以不受我的约束，自由自在地跳舞。

这是狂欢节，我为什么不痛痛快快地玩一玩呢？小号响亮地哇哇吹着，似乎要吹破那明亮的号筒；一把把夹竹桃轻轻击打着男女舞伴的肩膀，花瓣落入他们的衣襟，落到地板上，被他们踢得七零八落；舞厅里从天花板到地板牵着许多条装饰灯闪闪发光，宛如一束发光玻璃纤维，也像一栋墙壁已经坍塌的建筑，剩下的电线仍在空中飘荡。

“你们可以容忍这丑恶的世界，因为你们知道你们将来要摧毁它。”我对奥马尔·巴萨鲁齐说道。我这么说是要激他，否则我们的谈话就没有味道。

“且慢，”奥马尔说，一边放下正要送入口中的咖啡，“我们并没说这个世界越糟糕越好啊。我们要革新这个社会，既反对改良主义也反对极端主义。我们是要……”

他在按自己的思路讲，我在按他的思路听。自从在河滨公园与克劳迪娅分手以后，我正努力寻找世界的新形象，既能解释目前这种悲惨景象又能挽救自然美的一种新的形象，新的面目。

他拉开黑色皮公文包的拉链，取出一本画报说：“看见了吗？”画报里有许多照片：一群亚洲人戴着皮帽，穿着皮靴，愉快地走向河边捕鱼；另一张是那个亚洲民族学习的照片，一位教师手指着写在床单上的我们不认识的文字；第三张是过节，他们头上戴着龙头一样的头盔分立两旁，中间有一台拖拉机，拖拉机上面竖着一张肖像；第四张上有两个戴着皮帽的人，正在操作机床。

“您看见了吗？”他说，“这就是世界的另一种面目。”

我望了一眼巴萨鲁齐说道：

“你们没戴皮帽，不去捕鱼，也不爱好龙啊。”

“那有什么呢？”

“除了这个，”我指了一下机床，“这个你们已经有了，别的东西你们不可能有，也不可能像他们。”

“噢，会像他们那里一样的，关键是改变意识。我们和他们都要改变意识，变成新人进入新的世界，从现在起就要改变……”

巴萨鲁齐一边说，一边继续翻阅那本画报。有一页上有许多高炉和工人，他们额头前都悬着镜子，表情自豪。

“嘿，那时也会有问题，不能认为一天之内就把……”他接着说，“生产中的问题都解决了，有些问题会很严重，会持续一段时间……不过会有很大改进的……现在这样却不可能有所改进……”

接着他又谈到那些让他天天操心的问题。

我明白了，对他来说未来究竟如何，会不会有那么一天，这并没有他今天的信念重要，主要看今天的行为，要持之以恒。

“当然了，问题随时都有……那时也不可能是天堂……我们也不是圣人哪……”

圣人如果知道那不是天堂，难道就不会改变自己的行为吗？

“上星期我已经被解雇了。”奥马尔·巴萨鲁齐说。

“您现在干什么？”

“现在我在工会做事，也许到秋天有个工会干部会退休。”

他朝Wafd工厂走去，那天上午厂里的工人要罢工。

“您跟我一起去吗？”

“嘿，我还真不能让人在那里看见我，您明白为什么。”

“我也不能让人看见，那会不利于那些工人的。我们在工厂附近找个咖啡馆，躲在咖啡馆里。”

我和他一起去了，从玻璃窗里看见当班的工人困乏地或推着自行车走出大门，或拥向有轨电车站。有人显然已得到通知，立即到咖啡馆来找奥马尔。他们几个人躲到一边商议。

我一点也不了解他们的问题，只想把从工厂门口蜂拥离去的人群(他们心里除了自己的家庭和工休日以外，别的什么也不考虑)同奥马尔这伙人(即坚强的骨干)加以比较，研究他们的面孔有没有区别。我没有找到任何区别，他们都有一副饱经风霜的苍老面容或早熟的面容；他们的差别在于内心。

然后我又研究这伙人的表情和语言，看能否区别出这样两种人：以“有没有那么一天……”来决定自己行动的人和不管有没有那么一天都不懈努力的人，例如奥马尔。我发现也无法把这两种人区分开，也许因为他们都属于第二种人，也许因为他们之中缺乏恒心，夸夸其谈，貌似第一种人的为数太少了。

然后我就不知道该研究他们什么了，只好观察天空。时值初春，市郊的上空天气晴朗，阳光灿烂。我仔细观察，发现天边有一条灰暗的带子，如同一张褪了色的旧照片的白边，也像透过分色镜看到的那种标记。唉，美丽的春季也未能将天空洗刷干净啊！

奥马尔·巴萨鲁齐戴着一副太阳眼镜，镜框粗大。他不停地对那些人讲着，讲得那么仔细，那么深入，那么自信，说话的声音略带鼻音。

我在《净化》杂志上转载了一条从外刊上摘录下来的有关核辐射造成的空气污染的消息。消息很短，科尔达读清样时没有注意到，杂志出版之后他才看见，派人把我叫到他那边去。

“天哪，要是什么都得我盯着，我就是长一百只眼睛也不够用啊！”他气愤地说，“您怎么会想起来发表那条消息呢？那不是我们协会的任务啊！我们的事还少吗？再说，这么棘手的问题，也该跟我打个招呼啊！好了，现在人家该说我们蛊惑人心了！”

我说了几句自我辩解的话：

“对不起，既然那也是环境污染问题，我就……”

我已经告辞出来了，科尔达又把我叫进去说道：

“博士，您是否相信放射性的危险呢？相信它有那么严重……”

我记得某科学讨论会上的一些数字，报告给他听。科尔达很不高兴地点头听着。

“啊，亲爱的博士，我们生活的这个时代多么可怕啊！”他突然说道，又变成了我所了解的那个科尔达。“亲爱的，我们不能回头，只能冒险干下去，我们下的赌注很大啊，很大！”

他低下头，默默站了几分钟，然后接着说道：

“我们这里，我不想估计过高，我们尽了努力，作出了贡献，控制着这里的局面。”

“这是毫无疑问的，工程师先生，对此我可以说深信不疑。”我们尴尬而虚伪地相互看了看。烟云现在似乎变小了许多，相对原子尘埃来说，它不过是一块乌云，一朵卷云罢了。

我又说了一些空洞的赞美话，告别科尔达出来。这次我还是没有搞清楚，他究竟是反对还是赞成烟尘。

自那以后我尽力避免在标题中涉及原子爆炸或辐射问题，但在每期科技消息栏里我总要加进一些这方面的消息；在一些统计数字中，如有关城市空气中煤炭和石油含量的统计数字中，在一些谈论它们的危害性的文章中，我也加进一些原子方面的数据或论据。科尔达没再提出异议，别人也没有提过，对此我并不感到高兴，反而让我更加相信没人读《净化》杂志。

我有个核辐射问题的卷宗，看报时注意收集有关消息和文章，一看到这方面的东西就把它剪下来放进卷宗里。有一家剪报社，我们是它“大气污染”栏目的订户，它越来越多地给我们寄送一些有关原子弹试验方面的剪报，有关烟尘方面的剪报却寄得越来越少。

所以我每天都能看到许多关于可怕疾病的报道，诸如渔民在海洋中遇原子辐射而死亡，豚鼠经过铀元素照射生下的小豚鼠有两个脑袋，等等。我抬头朝窗户看去。现在已是六月下旬，夏天还迟迟未到：阴雨连绵，天空总有一层浓雾，中午时城市上空光线灰暗，行人仿佛都是一些没有躯体的阴影。

季节的交替一反常规，欧洲上空不停地出现气旋，夏初有过一些日子满是雷电，然后又是数周阴雨，时冷时热，变化无常。报纸上说，天气不正常与原子弹试验无关，个别科学家则认为有关(不过很难确定，是否应该相信他们)。不言而喻，老百姓是喜欢听信那些无稽之谈的。

玛格丽蒂小姐也愚蠢地对我谈论核威胁，并告诫我说早晨上班要带雨伞。听她说这些话，我很生气。但早晨我打开窗户，看见院子里阴沉沉的天气，栏杆也模糊不清，宛如一条条画痕和一块块污垢，我不由自主地缩回头，仿佛要躲开那时天空中降下的一股看不见的尘埃。

这种说不出来的东西的重量变成了一个禁忌，压在关于天气的日常谈话中，而关于天气的谈话曾经被认为是最无所谓的。现在人们避免谈天气，不得已时也只说天晴了，下雨了，尽量不提它，感到有某种羞愧，仿佛不愿谈论我们的某种歉疚。阿万德罗博士平日的生活是为了准备星期日的郊游，对天气他采取了表面上看来无所谓的态度。我认为他这种态度很虚伪，是一种不负责任的态度。

我准备了一期《净化》杂志，没有一篇文章不谈辐射问题。这次我也没有遇到任何麻烦。要说没人读那期杂志，那也不可信。读是有人读的，不过人们现在已经对这个问题习以为常，即使你说人类面临灭绝之灾，谁也不会再说什么了。

现在一些非专业杂志也刊登一些令人毛骨悚然的消息，但人们好像只注意封面上的彩色美女照片。有一本周刊最近一期封面上就刊登了克劳迪娅的照片，她身穿泳衣，脚踏划板，在水上做划水动作。我把它剪下来，用四个图钉钉在我租赁的房间墙壁上。

每天早晨和下午我都要穿过我办公室所在的这个宁静的街区，时时会联想到去年秋天我第一次来到这里时的情景。那时候我在我看到的每件东西中寻找一种征兆，周围的一切都像我当时的心情一样暗淡。现在我的目光仍然注意寻找征兆，除了征兆我什么也看不见。那么，我寻找的是什么征兆呢？是那种能够没完没了相互证实的征兆。

有时我能在那个街区遇见一辆骡子拉的大车：这是一辆两轮的大车，沿着反道行走，上面堆着大包小包的东西；有时见它停在人家门口，驾辕的骡子低着头，大包小包东西上面还坐着一个小女孩。

后来我发现在那里转的这种车不止一辆，有好几辆。我也说不清是什么时候开始发现的。一个人每天看见许多东西，并不注意它们。即使他看见的那些东西对他有很大影响，他却不去注意它们。一旦他把那些东西联系起来，他便觉得那一切对他来说都有某种意义。我看见那些车，开始没注意，后来我发现它们对我起到一种镇静作用。因为在汽车遍地跑的城市里突然见到一辆来自农村的大车，这就足以使你想到，这个世界并非到处都一样。

因此我开始注意它，注意它上面的包裹堆积如山，注意它上面坐着一个梳小辫的女孩在看小人画，注意从大门里走出一个胖胖的男人拿着两袋东西放到车上，然后松开刹车吆喝骡子："驾……"。大车走起来，那女孩仍然坐在上面看小人画。不一会它停在另一家门口，那男人卸下几包东西拿着进去。

再靠前面一点，在对面的人行道上，另有一辆大车，车辕上坐着一位老人，一个年轻妇女头顶包裹进进出出。

后来我发现，看见大车那天我就心情舒畅，信心倍增，而且都是在星期一。我又听说，星期一那天洗衣店的人赶车进城，送洗干净的衣物，收要洗的脏衣物。

我知道这件事后，便有意识地注意它。哪天早晨只要我看见一辆大车就会说："啊，星期一了！"接着就能看见另一辆大车迎面过来，后面还跟着一只小狗汪汪叫；那里还有一辆渐渐远去，我只能从后面看见车上堆着的衣物包，都用黄白相间的条纹布包裹着。

一天我乘坐有轨电车回家，途经拥挤而喧哗的街道，在一个十字路口不得不停下来，因为前面有辆洗衣房的大车横在轨道上。我往旁边小巷里看，看见一头骡子带着洗衣房的大包小包站在人行道旁，一个头戴草帽的男人正往下卸东西。

那天下班回家，我没走平时走的路，在城里兜了一个大圈，看见许多大车。我觉得对这个城市来说，它们能给人们带来欢乐，人们高高兴兴地把被烟尘污染的衣物交给它们去洗，把洗得干干净净的衣服换在身上，哪怕干净衣服用不了多久又会变脏。

接下来的那个星期一，我决定跟着大车，看它们交活、收活以后回什么地方去。我漫无目的地走着，时而跟着这辆车，时而跟着那辆车。后来我才发现，最后它们都朝着一个方向走，都走上了那么几条路。当大车在交叉路口并成一队时，赶车的人相互致意，有说有笑。我继续跟着它们，直到我走不动为止；它们沿着一条很长很长的道路前进，最后消失在尽头。不过，在离开那里以前，我已经打听到这里郊区有个洗衣村，叫巴尔卡·贝尔图拉。

有一天下午我前往那个村庄。跨过一条河，那里已是半城市半农村的样子了，马路两旁虽然还有一排房子，房子后面已是农田，但还看不到任何洗衣店。沿着河边有许多小饭馆，门前都搭有凉棚。我继续往前走，注意搜索通向每个院落的小道，观察它们的院子。我就这样搜寻着渐渐走出村庄。田野里沟渠纵横，两边都种上了杨树。我站在道边树荫下面，穿过一片杨树，看见远处草坪上有白色的东西在飘荡：那就是正在晾晒的衣物。

我走上一条小道，发现那里有许多宽敞的草地，上面拉着一排排一人高的铅丝，城里送来的所有衣物洗涤后，湿漉漉、皱巴巴的就挂到那些铅丝上晾晒。有些草地的铅丝上晾着白色的衣物，有些草地上没有晾晒衣物，铅丝光秃秃的像葡萄园里的葡萄架。

我在晾晒着洁白衣物的铅丝之间漫步，突然听见背后传来一阵笑声。我转身一看，发现前面水闸旁有家洗衣房，几个女工身穿各色衣服，挽着衣袖，红红的脸膛，正在那里有说有笑地干活呢。年轻的姑娘干起活来乳房在衬衣里上下起伏；年长的妇女体态健壮，头上戴着头巾，挥动那结实的臂膀打肥皂拧衣物。间或也有男人，头戴草帽，从大车上往下卸衣物，堆成一堆一堆的，或给女工送肥皂，帮着捶衣物。

这一切我都看清了，用不着再询问什么，便起身往回走。马路旁边长着青草，我尽量沿着路边走，一方面可使我的皮鞋少沾点尘土，另一方面也可离路上开的汽车排放的尾气远一点。我边走边用目光在这一片片草地和树木中搜索洗衣店，发现一些低矮房屋门前写有“蒸汽洗衣店”，“巴尔卡·贝尔图拉洗衣合作社”，看见一些妇女提着篮子像去收获葡萄一样去草坪上收晒干的衣物。在这一片白色之间，田野在阳光下呈现绿色，饱涨着淡蓝色泡沫的水向远处流去，虽然这一切都极其平常，但对我这个只想看到某种景色的人来说，已经足够了。

# 阿根廷蚂蚁

袁华清 译

我们搬来住时，对这里的蚂蚁一无所知，满以为往后会过得挺惬意。天宇碧净，草木翠绿，景色宜人，对心事重重的我和我的妻子来说，也许宜人得有点过分。我们怎么能想到这个地方蚂蚁成灾呢？其实，仔细想想，奥古斯托叔叔有一次似乎对我们提起过："你们在那里，一定会发现蚂蚁的……那里的蚂蚁，嘿，跟这里的可不一样……"不过，他或许是在谈到别的事情时顺口说的，轻描淡写，一带而过。也有可能是我们正在闲聊时突然爬来了蚂蚁，我脱口说了声"蚂蚁"，引出了他的话。我们看到的大概是只离群的蚂蚁，又肥又大(现在回想起来，我们老家的蚂蚁确实又肥又大)。不管怎么说，奥古斯托叔叔讲的那几句话没有影响他对这个地方的赞誉。

他对我们说，由于某些连他自己也说不清的原因，在这里谋生比较容易；还有可能发家致富，虽然并非十拿九稳。这不单是他——奥古斯托叔叔——的看法，在此地安家的许多人也是这么认为的。

来到这里的第一天傍晚，我们就已直觉猜到为什么叔叔会在这里生活得这么愉快。我们看见，人们用毕晚餐，便披着明亮的霞光，沿着通往乡村的街道，心旷神怡地漫步。我们还发现，另外一些人悠闲自得地坐在桥头纵目遐想。我们找到了叔叔常去光顾的那家酒馆后，心里就更明白了。酒馆后面与菜园毗邻。几个和他一样身材矮小、年事已高的男人在店里海阔天空，信口开河，自称是他的挚友。我相信这些人跟他相仿，也没有固定职业，靠打零工度日。其中的一个自称是钟表匠：准是吹牛。我们听见他们用一个绰号称呼奥古斯托叔叔，大家来回说着这个绰号，还加上一些评语。柜台后面站着一位芳龄早过、体态丰满、身穿绣花白衬衫的女人。我们见她冷笑了一下。我和妻子觉得，这一切是奥古斯托叔叔生活中的重要内容：有一个外号，听凭别人跟自己打趣；晚上到桥头稍坐片刻后，到酒馆里去看那位身穿白绣花衬衫的老板娘走出厨房、走进菜园；第二天到任何一爿点心店里去卸几个钟头货。他离不开这一切。我们终于明白了，他在我们老家逗留的那些日子里，为什么一直惦念着这个城镇。

如果我是个没有任何牵挂的小伙子，或者我们一家三口的生活业已安排停当，那么这一切也会使我心满意足的。然而，我们当时情况欠佳：孩子久病初愈，我的工作尚无着落，上面那些使奥古斯托叔叔满意的事情我根本无暇顾及。相反，面对这一切，我们更觉伤悲：在这个似乎人人称心如意的城镇里，我们显得格外不幸。几个不大不小的问题使我们伤透脑筋，不顺心的事情接踵而至；不过我们对这里的蚁害仍旧一无所知。毛罗太太指着她租给我们的住房，一遍又一遍地嘱咐，简直令人难以忍受。我至今还记得，为了煤气表的事，她向我们唠叨了半天。我们只好洗耳恭听。"是的，毛罗太太……我们一定当心，毛罗太太……不会弄坏的，毛罗太太……"我们只顾听她絮叨，以至没有特别在意——但我至今记忆犹新——她的眼睛忽然紧紧盯着墙上，好似在看布告。稍后，她伸出手，用指尖在墙上掐了一下，随即使劲甩手，仿佛指头上沾着污水、沙子或灰尘。我们深信是蚂蚁爬上了她的手指，虽然她自己没说。屋里有几只蚂蚁，就像每所房子都有墙壁和屋顶一样，是很自然的；可我和妻子总觉得她想瞒着我们，唠叨也好，嘱咐也好，都是为了突出别的方面，掩盖这件事实。

毛罗太太走后，我把床垫搬进屋里。妻子一个人搬不动床头柜，把我喊过去帮忙。她走进厨房，跪在地上，开始擦地板。我对她说："这么晚了，你要干什么？明天再说吧。现在我们大致收拾一下卧室，准备睡觉。"孩子困得直哭，先得把摇篮准备好，让他睡下。我们把长摇篮带来了：在我们老家，孩子一般睡这种摇篮。屋里有个放摇篮的好地方：一个周围不潮、离地不高、孩子摔下来也不碍事的托架。我们把塞满摇篮的内衣统统拿出来，把摇篮放在托架上。孩子一放进去就睡着了。我和妻子开始打量这间屋子：四堵墙壁，一面天花板，中间有道隔墙，屋子被分成两半。"对，对，刷成白色，一定刷成白色。"我瞟了一眼天花板，回答妻子道。我拐起胳膊肘，推搡着她来到门外。她想去看看设在左面那个棚子里的厕所，但我却打算和她一起到庭院里去散散步。新居的四周是庭院：两片荒芜的土地，原先大概是花坛或苗圃；中间横着一条通道，上面搭着铁架，以前大约攀缘着野葛、南瓜秧或葡萄藤，现在是光秃秃的。毛罗太太原先答应把这个庭院交给我们使用，种点蔬菜瓜果之类。她不想另收租金，因为这两块地已经荒弃多年了。但她今天对此事只字不提，我们也避而不谈，因为面前有许多更加紧迫的问题亟待解决。就这样，第一天晚上我们就到庭院里走了一趟，为的是熟悉环境，在某种意义上说，也是为了摸清情况。我生平第一次觉得，终于有可能过上安顿日子了。今后，我们每天晚上都要到庭院里来散散步，心情将越来越愉快。这些是在我脑子里盘旋的念头，我没跟妻子讲。我渴望知道，她是否也有同样的想法。我觉得，我让她到庭院里来走走，已经获得预期效果：她此刻讲起话来温柔动听，稳重得当；我去挽着她的胳臂，也没有被她推开，尽管这种亲昵举动在目前并不合适，因为我们的生活尚未安排停当。

我们手挽手，一直走到庭院尽头，看见了篱墙那边的雷吉瑙多先生。他手里拿着喷雾器，正在房前房后忙个不停。我和他相识是几个月以前的事，当时我到这里来和毛罗太太洽谈租房事宜。我和妻子贴近篱墙向他问好，我把妻子向他做了介绍。“晚上好，雷吉瑙多先生，”我说，“您还记得我吗？”“噢，当然记得，”他说，“晚上好！这么说来，您成了我们的邻居了？”这位先生个子矮小，穿着睡衣，戴着草帽，架着一副大眼镜。

“哦，我们是邻居，嗯，邻居之间嘛……”我妻子嫣然一笑，说了几句客套话。我很久没听她用这种细声柔气的语调讲话了，但我并不觉得不愉快，相反，因为自己用不着听她发牢骚而颇感高兴。

“克劳迪娅！”我们的邻居喊道，“过来，这是劳莱利别墅的新住户！”我感到很蹊跷，因为以前从未听人用这个名字称呼我们的新居(后来才知道，这座房子的最早的主人是劳莱利)。雷吉瑙多太太应声从屋里出来，她又高又胖，一面往外走，一面撩起围裙擦手。他们两人对我们很热情，很客气。

“雷吉瑙多先生，您提着喷雾器干什么？”我们问道。

“嘿，蚂蚁……这些蚂蚁……”他边说边笑，仿佛不把蚂蚁当回事。

“唔，蚂蚁？”我妻子重复了一遍这个词，她的语调又像往常那样客气，然而冷漠了。在陌生人面前，她总是装出一副专心听他们讲话的样子，并且时不时用这种若即若离的口吻插上一两句话。不过她从来没用这种声调对我讲话，即使我们初次见面时，她也没用这种口气。

我们彬彬有礼地和邻居告别。周围虽然有热情友好的邻居，但我们没时间和他们侃侃交谈，我们无暇充分享受这种乐趣。

回到屋里后，我们打算马上睡觉。“你听见了吗？”妻子问。我聚精会神地听了一阵，是雷吉瑙多的喷雾器在嘶嘶地响。妻子走到洗碗池边，想接杯水。“给我也接一杯。”我边说边脱衬衫。“哎哟！”她嚷道，“快来！”她在自来水龙头上发现了蚂蚁。一队蚂蚁正顺着墙壁往下爬。

我们打开灯。两间屋子共用一盏灯。一列密匝匝的蚂蚁队伍在墙上爬动。它们来自门框方向，但蚁巢在何处，却无从得知。蚂蚁现在已经爬到我们手上了。我们张开手掌，凑到眼前，仔细观察它们的模样；同时不停地转动手腕，以免它们顺着胳膊往上爬。这种蚂蚁体型很小，几乎无法捉住。它们一刻不停地爬动着，好像跟我们一样浑身奇痒，不动不行。我突然想起了它们的名称：阿根廷蚂蚁；是的，它们被人叫做阿根廷蚂蚁。以前我曾听说过这个城镇有阿根廷蚂蚁，这是肯定的，但只有现在才明白，这个名称和一种什么感觉联系在一起：一种难以忍受的、用任何办法也不能消除的痒。使劲挥动胳臂也好，拼命搓手也好，全都无济于事，因为总会有几只蚂蚁顺着上臂或袖管，悄悄爬到我们身上来。这种蚂蚁被掐死后，像一粒粒黑色的小细沙似的往下掉，但它们那股刺鼻的蚁酸味却久久地留在我们的指尖。

“这是阿根廷蚂蚁，你知道吗……”我告诉妻子，“是从美洲来的……”我不由自主地操起老师教学生的腔调，但没说几句便已后悔莫及，因为她最不能容忍我用这种口气对她讲话。她大概很清楚，我只有心里没把握时才用这种语调说话，因此每逢这种时候，她总要抢白我几句。

可是这回她仿佛没听见，全神贯注于用手掌拍打墙上的那队蚂蚁，试图拍死或驱散它们。结果是，一些蚂蚁爬到她手上，其他蚂蚁四散奔跑，满墙皆是。她匆忙拧开水龙头，一面冲手一面往墙上泼水。墙面虽已泼湿，蚂蚁却继续在上面爬动。她手上的蚂蚁也没冲掉。

"你看，屋里有这么多蚂蚁！你看，"她反复说道，"屋里一直有蚂蚁，只不过我们现在刚发现罢了！"仿佛蚂蚁早被发现的话，事情就会大不相同似的。

我劝道："唉，算了，算了，不就是几只蚂蚁嘛！现在我们睡吧，明天再想法子！"我又加了一句："算了，算了，不就是几只阿根廷蚂蚁嘛！"我这回用了当地人称呼它们的准确名字，旨在说明这是一件由来已久的事实，不必大惊小怪。

我妻子刚才在庭院里溜达时脸上出现的轻松表情已经消失得无影无踪了。她像往常那样，脸拉得老长，对一切都抱着戒心。在新居中过的第一夜不像我盼望的那么美好，刚刚开始的新生活并未给我们带来愉快和欣慰；相反，我们陷入了新的、永远无法摆脱的烦恼。"不就是几只蚂蚁嘛！"我还在想着。我记得当时的确是这么想的，其实对我来说，或许事情并非这么简单。

疲乏战胜了愤激，我们睡了。半夜，孩子从梦中哭醒。我和妻子在床上没有动弹，以为他哭几声就会重新睡着的。然而并非如此，我们的指望落了空。我和妻子彼此问对方："他怎么啦？怎么啦？"奇怪，他病愈后，夜里从来没哭过。

"蚂蚁爬到他身上了！"妻子嚷了一句，匆匆起了床，走到摇篮跟前。我也下床去帮忙。我们把摇篮里的东西统统拿了出来，把他身上的衣服全部脱光，然后把他抱到那盏两个房间共用的小电灯下面，勉强睁开睡意尚浓的眼睛，在他那小小的躯体上寻找蚂蚁。一丝凉风透过门缝，吹进屋里。妻子指出："他会着凉的。"我们在他身上找蚂蚁，发现他全身皮肤通红，还有一道道搔痕，不免心疼起来。一列蚂蚁正在托架上爬动。我们认真翻看了摇篮里的每一块垫布，直到所有蚂蚁都被捉尽为止。我们面面相觑："现在让他睡哪好呢？"床上躺两人已嫌挤，他如果再睡到床上来，我们一翻身会把他压死的。我仔细检查了一下小衣柜，那里还没有蚂蚁。我把衣柜推离墙跟，打开一个抽屉，整理了一番，给孩子当摇篮。他刚躺到里面就呼呼入睡了。我们也该重新上床休息了，困倦会使我们马上进入梦乡的，但妻子还要去看看我们带来的食品。

"快来！到这边来！我的上帝！全是蚂蚁！一片黑！你来帮帮

忙！”有什么用呢？我拥着她的肩膀说：“睡觉去吧，明天再想法子，现在看不清楚。明天好好整理一下，把所有东西都放在保险的地方。上床吧！”

“可是吃的东西怎么办？全糟蹋掉了！”

“让它们去吧！你现在有什么办法呢？明天我们一定把蚂蚁窝捣毁，一定……”

我们终于上了床，但一直不能安心睡觉，老在想着这些到处乱爬的小动物。吃的东西也好，用的东西也好，里面一定全是蚂蚁；没准它们现在正沿着地板和小衣柜的腿，爬到了孩子身上……

雄鸡打鸣后，我们才合眼。没过多久，一阵奇痒使我们从梦中醒来。我们辗转反侧，不住搔痒，因为觉得床上有蚂蚁，也许是从地板上爬上来的，也许是刚才翻看摇篮里的垫布时爬到我们身上来的，因此，拂晓前的几个钟头我们也没得到休息。我们早早起了床，盘算着怎么办。这些令人头疼的、小得肉眼几乎不能察觉的敌人侵占了我们的新居，我们必须立即投入战斗。真叫人烦恼。

妻子觉得应该先去看看孩子是否被蚂蚁咬坏了(谢天谢地，看来他没挨咬)。她给他穿上衣服，喂他吃了点东西。她一面做着这些事，一面不停地挪动着双脚：新居中到处是蚂蚁，不这样不行。洗碗池里、盘子的边缘、孩子的围嘴和水果上都叮着蚂蚁。我知道，她看见这些情景后，竭力控制自己，不然的话，准会惊叫起来。但她打开奶锅时，再也忍不住了："一层黑！"牛奶上浮着一层蚂蚁，有的已溺毙，有的在游动。"不过，全浮在表面上，"我指出，"可以用勺子撇掉。"蚂蚁倒是撇净了，但我们觉得牛奶变了味，因此一口没喝。

我凝视着在墙上爬动的一列列蚂蚁，想搞清楚它们来自何处。妻子忍住满腹怨愤，开始梳头穿衣。"先把蚂蚁全弄干净，然后再摆家具！"她说。

"别着急，瞧着吧，总会有办法的。我到雷吉瑙多先生那里去一趟，他有药粉，我问他要一点，撒在蚂蚁洞口。我已经发现洞口了，屋里的蚂蚁很快就会绝迹。不过我得过一会儿去，因为现在去可能会打扰雷吉瑙多夫妇的。"

妻子平静了点，但我仍旧忐忑不安：我扬言已经发现洞口，其实只是为了安慰她。我越是仔细观察，发现的蚂蚁就越多；它们从各个方向而来，往各个方向而去。我们的新居看起来像骰子一样光洁严实，但墙壁仿佛是疏松的，上面似乎有无数道大大小小的裂隙。

我信步走到门口，望着洒满阳光的树木，心情才觉得轻松了点。侵入田地的荆棘在我看来却也令人赏心悦目。我顿时产生了干活的愿望：把一切弄干净，耕耘庭院中的荒地，撒上种子，栽植秧苗。“你老躺在摇篮里，身上会长霉的，”我对儿子说，“出来吧。”我把他从摇篮里抱出，走进“花园”。我不但自己把庭院称为“花园”，而且希望妻子也习惯这个叫法，便对她说：“我把孩子抱到花园里去玩一会儿。”接着补充道：“抱到我们的花园里。”我认为“我们的花园”这种说法更亲切，能使我们产生一种主人翁的感觉。

孩子晒着太阳，高兴得手舞足蹈。我对他说：“这是长角豆，这是柿子树。”我把他高高擎起，一直碰到树枝。“现在爸爸教你怎么爬树。”

他哇的一声哭了起来。“怎么啦？你害怕？”我看见了蚂蚁，橡皮状的树干上爬满了蚂蚁。我马上把他放了下来。“哟，小蚂蚁真多……”我心神不定地对他说。我注视着顺着树干往下爬的一队队蚂蚁，发现这些肉眼几乎难以分辨的小动物爬到地上后，便在草丛中散开，四面八方爬去。于是我想道：屋里的蚂蚁怎么能驱除干净呢？昨天我还觉得这个庭院很小，现在我用新的眼光看着它，又打量了一下眼前这些无以计数的蚂蚁，两者一对比，我便觉得这个庭院其实是广袤无比的。地面上覆盖着密密麻麻的一层蚂蚁，肯定是从地下的数千个蚁巢中钻出来的；肥沃的黏土和低矮的植物给它们提供了充足的食粮。脚下倒是一块净土，乍一看，连蚂蚁的影子也没有，我不由得舒了口气；可是仔细一看，却发现一只小蚂蚁正朝着我的方向徐徐前进，接着又发现，它只是一支蚂蚁大军中的一员。这队蚂蚁扛着大过本身几倍的面包屑和其他食品，和别的蚁军频频相遇。有的地方蚁群聚集，似乎凝结成了一团，有如伤口外面的结痂。我认为那里准有一块树脂或一个死昆虫。

我抱着孩子，回到妻子身边；我是跑着进屋的，因为觉得腿肚子上有蚂蚁在爬动。妻子说："唉，孩子被你弄哭了。怎么啦？"

"没什么，没什么，"我连忙解释，"他看见树上有几只蚂蚁，夜里的印象还没消除，大概身上又痒起来了。"

"唉，真烦人。"妻子叹了口气。她盯着在墙上爬动的一队蚂蚁，试图用手指肚把它们一个个掐死。我又看见了成千的蚂蚁，我们被它们包围在这个现在使我觉得无限大的院子里。我不由自主地对她嚷道："你想干什么？你疯了？这么干不会有用的！"

她气得直发抖："可是奥古斯托叔叔……奥古斯托叔叔什么也没有告诉我们！我们就像两个傻瓜，听了他的话！听信他这个骗子的话！"其实奥古斯托叔叔能对我们说些什么呢？他当时即使告诉我们这里蚂蚁很多，我们也绝不会把“蚂蚁”这个词的传统含义跟眼下这种狼狈处境联系在一起的。就算他曾经说过这里蚂蚁成灾，我不排除这种可能性。然而就算确有此事吧，我们也只会联想到，这是一些具体的、可数的、有身躯、有重量的敌人。的确是这样，现在我回想起故乡的蚂蚁，马上便觉得它们是值得尊敬的小动物，像猫和兔子一样，可以任人抚弄，任人摆布。然而，我们在这里面临的却是一个像云和沙一样的敌人，没有什么力量能对付它。

我们的邻居雷吉瑙多先生在厨房里，手拿漏斗，把一个瓶子里的液体倒进另一个瓶子。我从外面喊了他一声，气喘吁吁地跑到他家厨房的落地窗前。“噢，我们的邻居！”雷吉瑙多高声说道，“请进，先生，请进！真对不起，我正在配药水。克劳迪娅，端把椅子来，给我们的邻居坐！”

我开门见山地说：“我来……请原谅……是想麻烦您一件事……是这么回事，我看见您有那种药粉，我们整夜……蚂蚁……”

“哈！哈！哈！蚂蚁！”雷吉瑙多太太走进厨房，大笑道。她丈夫似乎迟疑了片刻（这是我的感觉），然后用更大的嗓门，为她发出回声：“哈！哈！哈！你们那里也有蚂蚁！哈！哈！哈！”

我撇了撇嘴，也装出个笑容。我知道自己的处境很可笑，但别无他法：家里有蚂蚁是实际情况，正因为如此我才到这里来向他求助的。

“亲爱的邻居，谁家没有蚂蚁呢！”雷吉瑙多先生举起双臂大声指出。

“谁家没有呢，邻居先生，谁家没有呢！”他妻子两手在胸前交叉，发着回声。她和丈夫一样，一直在笑。

“可是，我觉得你们有一种灭蚁药，对不对？”我问道。我的声音发颤，他们大概会认为这是忍不住想笑的缘故，而不是由于我这时候感到的绝望。

“一种药！哈！哈！哈！”雷吉瑙多夫妇笑得前仰后合。“我们只有一种药？不，我们有二十种药，一百种药！一种，哈！哈！哈！比另一种好！”

他们领我进了另一间屋子，屋里有几十个贴着五颜六色商标的纸盒和铁盒，放在家具上。

“您要扑罗弗思芳吗？要迷尔迷奈克吗？还是要梯奥勃罗弗利特？阿尔索潘有粉剂和乳剂两种，要哪种？”他们相继拿起唧筒喷雾器、毛刷和喷粉器，淡黄色的药粉和药水立刻像烟雾一样弥漫在空中，一股药房和农药店里特有的味道随即扑鼻而来。他们的笑声一直不断。

“有真正有效的吗？”我问。

他们止住了笑。“没有。一样都没有。”他们回答说。

雷吉瑙多先生拍拍我的肩膀，他的太太打开了百叶窗，屋里顿时充满了阳光。嗣后，他们带我到这所房子的内部走了一圈。

他穿着背心和红条子睡裤，光秃秃的脑袋上戴了顶草帽，裤腰带在略微凸起的肚子上方系了个结。他太太身穿一件褪色连衣裙，胸褡的肩带不时露出，一头乱蓬蓬的金黄色鬈发包围着一张通红的大脸。他们性格开朗，嗓门大。这所房子的每个角落都有一个故事，他们争先恐后地给我讲述，这位刚说了一半，那位便插了进来。他们又是比划，又是感叹，仿佛每件事都可演成一出闹剧。某个地点曾经喷过千分之二的阿尔法纳克斯溶液，有两天时间蚂蚁跑远了，可是第三天又回来了，于是他只得把溶液浓度提高到千分之十。但蚂蚁绕了个圈子，在屋梁上开辟了一条新路线。他们在另一处撒了不少克烈索旦粉，使这个地方和别处完全隔绝；可是大风一吹，药粉被刮得到处皆是，每天撒三公斤也不顶用。他们在楼梯上试验了一下佩特洛切德的药效，它似乎立即就杀死了蚂蚁，其实只是使蚂蚁睡着了。他们在一个屋角撒了杀蚁粉，蚂蚁照样爬来爬去，翌日清晨倒在那里发现了一只被毒死的老鼠。他在一个地方洒了点肯定能赶走蚂蚁的契莫福思弗药水，但太太却在同一处撒上了伊塔尔马克药粉，结果药粉起了解毒作用，把药水的驱蚁功效中和得一干二净。

我们的这两位邻居把房子和花园当做战场，兴致勃勃地划出好几条不许蚁军越过的分界线。他们寻找蚂蚁的新进军路线，试用各种新研制出的药水和药粉。每种药都能使他们回忆起一个插曲或一件趣事。因此，只要提起一个药名，例如阿尔萨皮特、米尔克西多，等等，他们就相互挤挤眼睛，说句双关话，大笑起来。他们曾经做过许多灭蚁尝试，但所有努力都没有用，因此现在已放弃了这些企图。他们只是满足于设法截断蚂蚁的某几条通路，迫使它们绕道，吓唬吓唬它们，防止它们大举入侵。他们每天用不同的药物划出新的迷宫一般的分界线，看样子是在做捉迷藏游戏，而蚂蚁便是必不可缺的游戏对手。

“真拿这些小动物没办法，毫无办法，”他们说，“除非你向上尉学习……”

“唉，我们花了许多钱，”他们接着说，“买了各种杀虫剂……上尉的方法比较经济……可想而知……”

“当然，我们不能夸口说已经战胜了阿根廷蚂蚁，”他们指出，“但上尉也一样。您以为他的方法有效吗？我怀疑……”

“对不起，这位上尉是谁？”我问。

“勃劳尼上尉，您不认识他？唔，您昨天刚搬来！他是我们的近邻，就住在右边那栋白色的小别墅中……是个发明家……”他们扑哧一声笑了起来，“发明了一种消灭阿根廷蚂蚁的装置……不，发明了许多灭蚁装置，并不断进行改良。您去找他一趟吧。”

体态丰满的雷吉瑙多夫妇领我走进他们那个只有几平方米大的花园。他们志得意满地翘首仰望蔚蓝色的天空，脸上露出狡黠的神情。小花园里到处是乌黑的药水留下的斑渍和道道，到处撒着黄绿色的药粉，到处堆着洒水壶、喷药器、盛满乌黑的药水的瓶瓶罐罐。这里还有几个未经修葺的小花坛，里面疏疏落落地长着几株玫瑰和其他花草，叶上和茎上都蒙着一层药粉。

我和他们做了这番交谈后，心情不觉轻松了很多。当然，我不能像他们那样，对蚁害只是一笑了之，但我认为也不能把区区几只蚂蚁看得过于严重，以至失去信心。

“嗯，蚂蚁，”我现在是这么想的，“什么蚂蚁？几个蚂蚁能对我们造成多大危害？”

我应该马上回到妻子跟前，取笑她一番：“你见了蚂蚁吓得魂不附体，天晓得你是怎么想的……”

我一边盘算着这样奚落她两句，一边捧着雷吉瑙多夫妇给我试用的、装在大大小小的纸盒和铁盒中的药粉，走进我家的庭院。药粉是按照我的意图挑选的，不包含对婴儿有害的成分，因为我的孩子不管见了什么都爱往嘴里塞。我看见妻子抱着他，眼泪汪汪地站在门口。她的腮帮已经凹陷了。我知道，她又发现了无数包围着我们的蚂蚁，又徒劳无益地搏斗了一番，又一次以投降告终。我想对她露个笑脸、奚落她几句的愿望一点也没有了。

“你总算回来了，”她冷淡地说，并没有对我大发雷霆，但这种语调使我更痛苦。“我在这里实在待不下去了……你看……我不知道怎么办才好……”

“呃，我们现在可以试试这种药，”我劝慰她，“也可以试试这种，还有这种……”我把拿来的盒子一个个摆在门前的平台上，开始向她解释这些药物的用法。我只是三言两语地说了几句，因为我担心她会因此而产生过高的希望。我既不想使她产生幻想，也不想打破她的幻想。我的脑海中涌出了另一个念头：立刻去找那位勃劳尼上尉。

“你照我说的用药吧。我想出去一趟，马上就回来。”

“又要走？去哪里？”

“到另一个邻居家里去，他有一种灭蚁装置，我去看看。”

我三步并成两步，朝我家庭院的右侧跑去。庭院边上竖着一个金属制的藤架，上面缠生着藤萝。太阳此时隐藏在一块云后面。我刚走近藤架，那座白色的小别墅就进入了我的眼帘。别墅位于一个漂亮的小花园中，几个圆形花坛之间逶迤着一条条铺着灰色砾石的小径。这些花坛和公园里的一样，围着一圈漆成绿色的铸铁矮护栏，中间栽着一棵黑色的小树，不是橘树，便是柠檬树。

一切都是安静、阴暗、静止的。我产生了疑惑，正要离开时，蓦地瞥见一个脑袋从修剪得平平整整的篱墙后面冒出，上面戴着一顶皱巴巴的白帆布海滨遮阳帽，波浪形的帽沿压得低低的。帽沿下面是一副钢架眼镜和一个塌鼻子，再下面是一张微笑着的嘴和一排锃亮的钢制假牙。这是一个干瘪精瘦的男人，穿着毛衣和灯笼裤，脚踝很发达，跟常骑自行车的人相似。他穿着一双凉鞋，走到一棵橘树前，用怀疑的目光默默觑着树干，嘴角一直挂着那个僵硬的笑容。我走到篱墙前，踮起脚尖向他打招呼：“您好，上尉。”

那人猛地抬起头，脸上的笑容不见了，取而代之的是一道冰冷的目光。

“对不起，您是勃劳尼上尉吗？”我问。

那人点点头。

“您知道吗，我是您的新邻居，租住劳莱利别墅……想打扰您一会，因为我听说您有一个灭蚁装置……”

上尉举起一只手，勾了勾食指，让我到他跟前去。我纵身一跳，越过篱墙，来到他身边。上尉的这只手一直举着，另一只手向前平伸，指着他正在观察的那棵橘树。我看见树上缠着一小根铁丝，与树干成直角。铁丝的末端缚着一样东西，像是鱼肠；中间折成锐角状，角尖朝下，成V形；下方吊着一个小罐，像是肉汁罐头盒。树干和铁丝上蚂蚁来来往往，络绎不绝。

“蚂蚁闻见鱼腥味后，”上尉说明道，“顺着铁丝往前爬。您看，它们来来去去，秩序井然，从未发生冲突。不过，这个V形角很危险。来自相对方向的两只蚂蚁在这里遇上后，就得停下来互相让路。下方的小罐里盛着煤油，强烈的油味把它们熏得晕晕乎乎的；因此，它们刚伸出腿往前爬，便会撞在一起，‘滴’、‘滴’两声，掉进煤油中送命。”他刚说了两声“滴、滴”，两只蚂蚁便应声掉进罐里。“滴，滴，滴，滴，滴，滴。”上尉一遍又一遍地说道，他的唇边一直浮现着那个僵硬的微笑。他每说一声“滴”，便有一只蚂蚁往下掉。煤油有两指深，上面浮着厚厚一层黑蚂蚁。

“每分钟平均消灭四十只，”勃劳尼上尉说，“每小时两千四百只。当然，煤油应该勤换，否则油里全是死蚂蚁，以后掉下去的就能活命了。”

这个罕见的小装置不断地消灭着蚂蚁。我目不转睛地注视着。许多蚂蚁衔着鱼肠，从这个危险点上安然通过；但总有一些蚂蚁到此停下，动动触角，掉进煤油罐。勃劳尼上尉戴着眼镜，凝视着蚂蚁的每一个微小动作；每掉下一只蚂蚁，他就情不自禁地颤栗一下，嘴角也会微微抖动起来。他常常忍不住伸出手去，调整一下铁丝的角度，晃晃罐里的煤油，把死蚂蚁捞出来扔在地上，或是碰碰铁丝，让更多的蚂蚁往下掉。不过，他大概认为最后这个举动是犯规行为，因此立即缩回手，并用一种准备为自己辩解的目光瞟着我。

“那种装置更完善。”他边说边领我走到另一棵树前。树干上也缠着一根中间折成V形的铁丝，但末端缚着的是一根猪鬃。蚂蚁以为能沿着猪鬃找到出路，但煤油的气味和猪鬃的晃动使它们头重脚轻，纷纷往下掉。上尉还给我看了许多别的用猪鬃或马鬃制成的灭蚁装置。譬如，树上绑根粗铁丝，末端系根细马鬃，蚂蚁在这个突然变化面前惊慌失措，失去平衡，掉进煤油罐。他甚至还设计了一个“陷阱”：一边是树干，一边是诱饵，当中是一根中间剪断的马鬃；蚂蚁爬到断处，自身的重量把鬃毛压弯，它就掉了下去。这个静寂、美丽的花园中，每棵树、每根铁管和每条栏杆上都仔仔细细地拴上铁丝，下方再挂一小罐煤油。令人心悦神爽的玫瑰花和藤萝架只是这些灭蚁装置的遮掩物而已。

“阿格劳拉！”上尉走到别墅的一个小门口，朝屋里喊了一声，然后对我说：“现在我让您看看最近几天的灭蚁成果。”

一个又高又瘦、面色苍白的女人从小门中走了出来，她的眼神机警而略带恐惧，裹在头上的那条头巾在前额上打了个结。“把那几个口袋拿出来，给我们的邻居看看。”勃劳尼说。从他的口气中可以听出，她不是用人，而是上尉太太。我朝她点点头，支吾了一句，算是问候。她没有回答我，而是立即回到屋内，拽出一个沉甸甸的口袋，来到我面前。她胳膊上的静脉根根绷起，这表明她费了很大劲；她要比外表看上去有力气得多。透过半开半闭的门扉，可以看到屋里有一堆这样的口袋。上尉太太一声不吭，又回到屋内。

上尉解开口袋，里面像是装着泥土或化肥。他伸进一条胳臂，抓出一把咖啡粉似的东西，然后摊开手掌，让它慢慢漏到另一只手中。全是死蚂蚁，像细沙子一样的黑红色的死蚂蚁。这些蚂蚁缩成一团，头足难分，发出一股股刺鼻的酸味。装满了死蚂蚁的口袋在屋里垒得像金字塔一样，大约有几百公斤重。

“真惊人……”我指出，“照这样下去，准能使蚂蚁绝种……”

“不行，”上尉四平八稳地说，“这些是工蚁，光消灭它们不管用。蚁巢遍地皆是，每个蚁巢里都有一只蚁王，它能繁殖出几百万只小蚂蚁。”

“那该怎么办？”

我走到他太太拽出的那个口袋跟前。他坐在下方的台阶上，仰着头向我解释。那顶皱巴巴的白帆布帽遮住了他的整个额头和那副钢架眼镜的上半部分。

“应该让蚁王挨饿。工蚁负责给蚁王觅食，它们的数目大大减少后，蚁王便会饿肚皮。到那时，我向您保证，哪怕外面再热，蚁王也会拖着肥胖的身躯，自己出来找吃的……那就是所有蚂蚁的末日了……”

他草草束好口袋，站了起来。我也直起了腰身。

“但有人认为，解决问题的办法是把它们赶走，”他朝雷吉瑙多的别墅瞥了一眼，嗤笑了一下，露出一嘴钢制的假牙。“还有人想把它们喂得肥肥的……那也是一种办法，知道吗？”

我不理解最后这句话的意思。

“谁？”我问道，“为什么要喂肥它们？”

“那个蚂蚁人没到您家去过吗？”

他指的是谁？“我不知道，”我回答说，“大概没来吧……”

“会到您家去的，等着吧。每逢星期四他就挨家逐户转一圈。所以，如果今天上午没上您家，下午肯定会去的。他要给蚂蚁喂补药。哈！哈！”

为了迎合他，我也抿嘴笑了一下，但我只想向他求救，没有精力再去琢磨别人的灭蚁妙法了。因此我说：“我认为您的方法最好，别的方法不可能比您的好……您觉得我们家可以试试您的灭蚁装置吗？”

“您得告诉我，您喜欢哪一种装置。”话音未落，勃劳尼便又把我带进花园，给我看了他发明的另外几件我还没见过的装置。弄死蚂蚁理应是易如反掌的，他却殚精竭虑，费尽心机，设计出这么多装置，简直令人难以想象。我总算渐渐悟出了所以然：灭蚁并不简单，方法要恰当，还得坚持不懈，持之以恒。想到这里，我泄了气，因为我觉得勃劳尼上尉在这方面表现出的惊人毅力是任何人也无法具有的。

“对我们来说，也许简单点的装置更为合适。”我说。

勃劳尼从鼻孔里哼了一声，不知是表示赞许，还是认为我的要求实在太低。

“我考虑一下，”他告诉我，“先给您设计一张草图。”

我道了谢，向他告辞，重新跃过篱墙，回到自家的庭院。我居然没听见双脚落地时踩着砾石发出的声音，真像是在梦中。我的家！虽然蚂蚁成灾，但我却第一次觉得它真是我的家了！我走进家门，不由自主地说道：终于回家了。

孩子误食了灭蚁粉，妻子正在发愁。

“别担心，对人体无害！”我赶紧安慰她。

虽然无害，但毕竟不是可以往肚里吞的食品。孩子疼得大叫大嚷。应该给他服催吐剂。他在我妻子刚打扫干净的厨房里吐了一地，成群的蚂蚁立刻接踵而至。我们把地擦净，哄住孩子不哭，把他放进摇篮，四周撒了厚厚一层灭蚁粉，外面还支了顶蚊帐，边角扎得结结实实。这样，他醒来后就不会爬出摇篮，乱吃东西了。

妻子买了一篮食品回家，蚂蚁立即前来侵袭，令人猝不及防。我们把每样食品，包括油渍沙丁鱼和干酪，都冲洗了一遍，把叮在上面的蚂蚁一只只捉掉。接下来，我帮妻子做烧菜的准备工作：劈柴，把经济灶架在壁炉上，生火。她在洗菜。我们不能待在一个地方不动，隔不了一分钟就会蹦起来：“哎哟，咬了我一口！”我们不停地搔痒，捉蚂蚁，或者拧开自来水龙头冲掉胳膊或腿上的蚂蚁。饭做好了，但我们不知道应该在哪里吃：在屋里吧，会招来更多的蚂蚁；端到门外吧，蚂蚁会爬到我们身上来。我们只好站着用餐，一面吃，一面来回走动。尽管如此，我们还是觉得到处是蚂蚁：大概是菜里混着蚂蚁的缘故，加上我们的双手还不断地发出蚁酸味。

饭后，我叼着香烟，走进庭院。丁零当啷的餐具碰撞声从雷吉瑙多家的方向传来。我走到篱墙前，发现他们在室外用餐，地上支了个大遮阳伞，伞下摆着一张桌子。他们穿着笔挺的衣服，带着怡然自得的表情，脖子上系着方格餐巾，正在津津有味地吃着奶油布丁，呷着白葡萄酒。我祝他们胃口好，他们请我过去尝尝。我发现他们那张餐桌周围摆满了袋装的或桶装的驱蚁剂，每件物品上都蒙着一层黄白色的粉末或涂着几道沥青状的东西。一阵阵难闻的药味刺激着我的鼻膜。于是我说，十分感谢，但我没有胃口。这是事实。雷吉瑙多的收音机播着音乐，音量拧得很小；他们一面尖着嗓子哼曲子，一面做出互相祝酒的样子。

我是登在篱墙边的梯子上跟他们讲话的。站在同一把梯子上也能看见勃劳尼家的花园的一角。上尉大概已经用餐完毕，正端着一杯咖啡，边走边喝着从屋里出来。咖啡杯放在一个托盘上。他的眼睛东张西望，大概在检查那些装置是否功能正常，是否在持续不断地消灭蚂蚁。我发现有两棵树中间挂着一个白色的吊床。我知道床上肯定躺着那个瘦骨嶙峋、令人反感的阿格劳拉女士，但我只能看见她的手腕以下部位。她手拿蒲扇，来回扇个不停。吊床的绳索上拴着几个奇怪的圆环，大概是某种防蚁器械；也许吊床本身便是一个诱杀蚂蚁的圈套，上尉太太便是诱饵。

我不想把我拜访过勃劳尼的事告诉雷吉瑙多夫妇，因为我料到他们会以鄙夷不屑和冷嘲热讽的口吻发表一番评论的。邻里关系历来如此。所以，我特意转过头，朝位于高处的毛罗太太的花园遥望了一眼：她的别墅筑在山巅，屋顶安着一个随风转动的鸡形木制风标。

“不知道山上的毛罗太太家里是不是也有蚂蚁……”我说。

可以看得出来，雷吉瑙多夫妇在吃饭时能够克制自己的幸灾乐祸心情，因为他们听了我的话后只是微微一笑，轻描淡写地说了这么几句：“嘿，嘿，嘿……她家当然也有蚂蚁……嘿，嘿，嘿……她家也有……肯定有……当然有……”

我妻子在家里叫我。她想在桌子上铺个床垫，躺下睡一会。我们的床直接和地面接触，无法防止蚂蚁爬上来。桌子嘛，只要四条腿周围撒上药粉，蚂蚁一时半会儿就上不来。她躺下休息，我又出了门，借口说是托人找工作，实际上只是想到外面走走，换换脑子。

我觉得路上的所有地方都和昨天见到的迥然不同了：每个菜园里都是蚂蚁成群，每家墙壁上都爬着一队队蚂蚁，它们边爬边朝一切甜的或含有脂肪的食物伸出触角。我的目光专注，我发现一个男人在门外拍打他的各种杂物，因为里面爬进了蚂蚁；一位老太太手拿唧筒，在喷驱蚁药水。我还看见，一列蚂蚁满不在乎地在一个盛着毒饵的小碟的盘沿爬过；当然，这只有眯起眼睛才能看清。

然而，这却是符合奥古斯托叔叔的理想的城镇。蚂蚁纵然不少，但能把他怎么样？他时而为这个老板卸货，时而为另一个老板卸货；白天在酒馆里吃饭；晚上哪里热闹，哪里有手风琴声，就上哪里；夜里哪里空气新鲜，哪里地面柔软，就在哪里睡觉。

我一边走，一边想象着自己就是奥古斯托叔叔。我应该像他那样，每天下午沿着这些道路踯躅。当然，要成为奥古斯托叔叔那样，首先应该具有他的生理特征：身材矮小，体型粗短；胳膊如同猿臂，老是莫名其妙地张着，或是在半空挥动；腿很短，当他回头打量女人时，常常迈错脚步；嗓音尖细，脾气一上来，便用外地口音操着当地方言破口大骂。在他身上，肉体和灵魂是统一的。我有很多操心事，苦于不能解决，真希望能和奥古斯托叔叔一起，到处走走，活动活动。当然，我任何时候都可以假设自己已经变成了他；任何时候都可以这么对自己说："喂，到干草堆上去睡觉吧！喂，到酒馆里去美餐一顿炒猪血，畅饮几杯葡萄酒吧！"看见猫后，我应该像叔叔那样，先摸摸它，然后大喝一声"嗬！"，把它吓跑。碰到女用人时，我应该对她说一句："嗳，嗳，小姐，需要我帮忙吗？"可是，像奥古斯托叔叔那样为人处世很不容易。我越发现他在这里过得很自在，心里就越明白，他是另一种类型的人，他受不了折磨着我的这些操心事：需要安家，找工作，孩子有病，妻子脸上没笑容，床上和厨房里全是蚂蚁。

我走进头天我和妻子到过的那家酒馆，向那位身穿白绣花衬衫的老板娘问道：昨天和我讲过话的那些人来了没有。店里很凉快，空气新鲜，也许不是滋生蚂蚁的场所。我听从她的建议，坐下等那帮人。我用毫不在乎的口气问她："你们这里没有蚂蚁吧？"

她用抹布在柜台上揩了一把："这里人们来了就走，谁也没发现有蚂蚁。"

"可是，您是一直住在这里的。"

她耸了耸肩："我这么个大块头，难道会怕蚂蚁吗？"

她似乎把店里有蚂蚁当做一件丑事，这种遮遮掩掩的样子越来越使我愤慨。我追问一句："您不放毒蚁药吗？"

"对付蚂蚁，最好的毒药，"坐在另一张桌旁的一个人(我认出他来了，他是奥古斯托叔叔的朋友之一，昨天和我讲过话)说，"是这个。"他举起酒杯，一饮而尽。

其他人陆续到达。他们没能向我提供任何找工作的线索，只是让我和他们一道喝酒。他们又谈起了奥古斯托叔叔。一个人问道："老滑头不知道眼下在那边搞什么名堂？"当地人用"滑头"这个词称呼游手好闲、机灵刁钻的家伙。大家一致认为这个称号安在我叔叔头上最合适，他正因为是个"滑头"才被人看得起，但我听后心里却颇觉不快，因为我知道叔叔虽然生活浪荡，但总的说来为人厚道，奉公守法。不过，言过其实、夸大其辞也许是当地人共有的处世方式的一个组成部分。我隐约猜出，这大约和蚂蚁成灾有关：他们有意把周围世界描绘得动荡不安、充满危险，以便忘却日常生活中的琐碎繁杂的烦人事，包括蚂蚁带来的麻烦。回家的路上，我思忖道，我无法和他们持同样的想法，障碍来自我妻子，她对想象的东西深恶痛绝。我还想道，她现在深深地影响着我的生活，我已经不能用空洞无物的词藻和虚无缥缈的想法来麻醉自己了，因为我一开始思考问题，她的面容、目光和身影便会立刻跃入我的脑海。归根结底，她对我不错，我需要她。

妻子愁容满面地走出门，朝我而来，告诉我说："嗳，来了一位测量员。"

酒馆里那些人的夸夸其谈还在我的耳际鸣响。我心不在焉地说了句："唔，测量员，这时来了位测量员……"

她说："对，测量员到我们家来了，正在量屋子……"

我感到十分蹊跷，连忙进了屋。

"嗨，你说的是什么哟?!他是上尉。"

是勃劳尼上尉。为了给我们设计一个合适的灭蚁装置，他带了一根黄色的折尺，正在丈量我们的屋子。我把妻子向他做了介绍，对他的热心表示感谢。

"我想研究一下这里的环境可能性，"他说，"一切都要像数学那样准确。"

上尉甚至量了摇篮的大小，惊醒了睡在里面的孩子。他见一根黄色的尺子在眼前来回晃动，吓得大哭。我妻子赶紧去哄他。孩子的哭声使上尉很烦躁，我尽量用别的话分散勃劳尼的注意力。幸好这时他太太喊了他一声，他走出门。阿格劳拉女士从篱墙那侧探出身来，挥动着她那双没有血色的瘦胳膊，朝他喊道："回来!快，快回来!来人了!真的，是蚂蚁人!"

勃劳尼朝我瞟了一眼，抿着嘴唇，向我递过一个会意的微笑。他必须马上回家，并为此表示道歉。“他也会到您这里来的，”他说，并且指了指那位神秘的“蚂蚁人”眼下所在的地方。“您马上就会明白的……”上尉走了。

我不想在搞清这位蚂蚁人的身分和意图之前就和他打交道。我走到篱墙边，登上梯子，下面就是雷吉瑙多家的庭院。他刚好回家，穿着一件白衣服，戴着一顶草帽，拿着许多小口袋和罐头盒。

我问他：“喂，蚂蚁人到您家来过了吗？”

“不知道，”雷吉瑙多说，“我刚从外面回来。不过，我想他来过了，因为我发现到处都是糖浆。克劳迪娅！”

他的妻子露了面：“来过了，来过了。他也会到劳莱利别墅中来的。可是，嘿，您别指望有什么用！”

我当然不会存有任何奢望的。我问道：“这个人是谁派来的？”

“谁会派他来呢？”雷吉瑙多说，“他是与阿根廷蚂蚁作斗争局的职员，负责在每家的花园里放糖浆。您看见那些小碟子了吗？”

他妻子做了补充：“是拌了毒药的糖浆……”说罢抿嘴一笑，仿佛什么全知道似的。

“能毒死蚂蚁吗?”我明白,这个问题很难回答,有时眼看着就能得到答案了,但又会变得复杂。

这个问题看来是不该提的。雷吉瑙多连连摇头:“毒不死……毒药的剂量很小……蚂蚁很爱吮食糖浆……但工蚁应该爬回蚁巢,吐出这种加了微量毒药的糖浆喂蚁王……据说用这种方法迟早会使蚂蚁绝种的。”

我没有追问他,蚂蚁是否真的迟早会灭绝。因为我听得出来,雷吉瑙多介绍这个方法时用的是一种客观陈述的语调;他虽然不同意这种做法,但当局的官方措施是必须尊重的。他的妻子则相反,她和许多女人一样,脾气急躁,毫不掩饰她对糖浆灭蚁法的反感情绪:一边听丈夫讲话,一边不住讪笑,还时时讽刺挖苦几句。丈夫大概觉得她的行为有失检点,或者过于放肆,但他不正面驳斥呵责,只是竭力向我解释,以便消除妻子造成的悲观主义印象。他们单独待在一起时,他或许也是用这种失望的语气讲话的,没准更糟。不过,他现在想给妻子做一个不偏不倚的榜样,于是说道:“哎,克劳迪娅,你未免太夸张了……当然,并不十分有效,但还是有用的……再说,糖浆免费供给……需要过几年才能下结论……”

“几年?他们像这种样子搞了差不多二十年,蚂蚁却一年多似一年，成倍增加。”

雷吉瑙多没有反驳，而是把话题转到了与阿根廷蚂蚁作斗争局所做的好事上。他谈起了粪料盒：蚂蚁人们把这些盒子放在每家的花园里，等蚁王在里面产完卵后，就把盒子取走烧毁。我觉得雷吉瑙多先生讲的这些话也适于讲给我那生性多疑、悲观失望的妻子听，所以回家后就把他的话复述了一遍，而对克劳迪娅女士的冷嘲热讽则只字未提。我妻子是那种对什么也看不惯、但又无可奈何的女人，举个例子来说吧，她认为火车时刻表、列车编组、乘务员检票都是荒唐可笑、糟糕透顶、毫无意义的，但她出门时又不得不乘火车，接受这一切。听了我讲的糖浆灭蚁法后，她作出了判断：这种方法荒谬绝伦，完全是多此一举。我无言以对。尽管如此，我们还是略微收拾了一下屋子，准备迎接那位蚂蚁人来访；听说他叫包迪诺先生。我们不打算对他发牢骚，也不想徒劳无益地向他提出各种要求。应该让他专心致志地工作。

他没有请求许可便走进了我们的庭院。我们正在议论着他哩，他却已经出现在眼前了，真叫人难堪。他五短身材，五十来岁，身上那件黑衣服已经褪了色，磨损得很厉害。脸像醉汉似的，头发还没变白，梳着儿童式的分头；眼睛半睁半闭，眼圈和鼻子周围泛红，唇边露出一个似有若无的笑容。

他讲起话来外地口音很重，嗓子很尖，像是布道的教士；说得激动时，嘴角和鼻子周围的皱纹会轻轻抖动起来。

我把包迪诺先生描绘得如此细致入微，是为了说明他给我们造成的奇异感觉。噢，不，一点不奇怪。因为我们原先就认为蚂蚁人应该是这种样子，能在一千个人当中轻而易举地被辨认出来。他的双手粗大，手背毛茸茸的，一只手拿着一个形状像咖啡壶的器皿，另一只手端着几个陶土小碟。他告诉我们说，他要放糖浆了。他的口气表明，他是一个惯于磨洋工、对一切都无所谓的职员。他拖曳着嗓门，有气无力地说出“糖浆”这个词，这足以使我们明白，他是多么不把我们看在眼里，对他自己的工作成效又是多么缺乏信心。我发现，在这个人面前，我妻子倒给我做出了保持冷静的榜样。她耐心地告诉他，哪些地方经常有蚂蚁爬过。他谨小慎微地来回做着那几件事：把咖啡壶中的糖浆倒进小碟，把小碟放在该放的地方，当心别碰翻它们。我没看多久便失去了耐心。我观察着他的举动，重新想起他给我留下的初始印象：他像蚂蚁。原因何在？我说不上来，可他确实很像蚂蚁。大概是由于他皮肤黝黑吧，但也可能是因为他个子矮小的缘故，或者是他的嘴角老在颤动，和蚂蚁的不断抖动足和触角相似。不过，蚂蚁的另一个特点他却不具备：它们不停地奔忙和操劳，而包迪诺先生却笨手笨脚，慢慢吞吞。现在他正举着一把蘸满糖浆的小刷子，在墙上可笑地涂抹着。

我注视着他的动作，越来越感到厌恶。忽然，我发现妻子不见了。我用目光四处搜索了一遍，最后在庭院的一个角落里看见了她。雷吉瑙多和勃劳尼两家的篱墙在那里相连。克劳迪娅女士和阿格劳拉女士分别站在自家的篱墙边，指手画脚地讲个不停，我妻子所在的位置正好在她们中间，她正在听她们说。我朝她们走去，反正包迪诺先生正在房后涂糖浆，那里没什么重要东西，怎么涂都可以，我不必看着。我听见勃劳尼太太在大声发牢骚，她挥着胳膊说：

“那家伙是来给蚂蚁喂补药的，哪是什么毒药！”

雷吉瑙多太太为她帮腔，但口气没有这么激烈：“如果有一天蚂蚁灭绝了，他们那些职员不就失业了吗？所以，您能指望他们干什么呢，太太？！”

“喂肥了蚂蚁，这就是他们的工作成绩！”阿格劳拉女士愤然下了结论。

两位女邻居的话都是对着我妻子说的。她凝神听着，表面上很平静，但我从她那不停抽动的鼻翼和紧紧咬着的嘴唇中可以看出她的愤怒，和由于知道自己被愚弄而感到的痛苦。说实话，我也接近于相信，这两位女士不是在信口雌黄、搬弄是非。

“还有那些带有蚁卵的粪料盒，”雷吉瑙多太太接着说，“您以为他们取走后真会烧掉吗？根本不是！”

忽然响起了她丈夫的声音：“克劳迪娅！克劳迪娅！”妻子说话过了火，显然使他局促不安。雷吉瑙多太太说了声“对不起”，匆匆离开我们；她的道歉声中包含着对随波逐流、胆小怕事的丈夫的鄙视。从相反方向仿佛传来了一阵冷笑声，我回头一看，发现勃劳尼上尉正在砾石小径上调整他的那些灭蚁装置的角度。包迪诺先生刚倒上糖浆放在那里的一个陶土小碟在他脚旁成了碎片，碟底朝天；大概被他踢了一脚，但不知是有意为之还是出于不慎。

我和妻子回到屋里。我想象不出她会怎样发泄她对蚂蚁人的怒火，但我知道，我不会劝她止怒的，反倒有可能给她火上加油。可是，我们扫视了屋里屋外，却没发现这位蚂蚁人的踪迹。嗯，我们进门时，似乎听见庭院的栅门吱哑一声关上了。他大概刚走，不辞而别了。他在屋里涂下的这一道道黏糊糊的暗红色糖浆发出一种难闻的甜腻味，和蚂蚁的气味虽然不同，但我觉得两者有关系，虽然我说不出其所以然。

儿子在睡觉，我们认为这是抽空到毛罗太太家去串门的好机会。我们应该去一趟，向她要储藏室的钥匙；另外，这也是礼节的需要。但我们迫不及待地去拜访她的真正动机却是让她听听我们的抱怨：她事先不做任何说明，就把这么一个蚁害严重的住所租给了我们。还有一个更重要的原因：我们想看看房东太太是怎么对付蚂蚁的。

毛罗太太的别墅带有一个延伸在山坡上的大花园。参天的棕榈树枝叶纷披，扇状树叶已经发黄。一条小路曲曲弯弯，通向雄踞在山巅的别墅：这是一座有许多阳台和阁楼，屋顶安了一个鸡形风标的建筑物。锈迹斑斑的风标发出吱吱咯咯的声音，艰难地转动着；它的反应比棕榈树叶要迟钝得多：微风一吹，树叶就瑟瑟作响，仿佛在低声呻吟。

我和妻子沿着小路往上走，不时倚着路旁的护栏，眺望下方的一切：那座对我们来说还很陌生的新居，庭院中那片杂草丛生的荒地，雷吉瑙多家那个跟仓库的内院相似的小花园，还有勃劳尼家那个方方正正、和墓地相仿的小花园。只有在这时，我们才可以暂时忘记那些地方蚂蚁成群；只有在这时，我们才可以假设那些地方没有日夜不停地困扰着我们的蚁害；只有在这时，离得远远的，我们才觉得那些地方像天堂一样美丽。我们越往上走，心里就越懊恼：我们竟会住在那种地方。在那种庸俗、烦人的地方生活，整天只得为解决一个又一个庸俗、烦人的问题而大伤脑筋。

毛罗太太年纪不轻了，人很瘦，个子挺高。她在一间阳光照不到的屋子里接待我们，端端正正地坐在一把高靠背椅上，旁边摆着一张小桌，桌上放着针线和文具。她浑身着黑，只有上衣的男式领子是白色的。她的脸庞瘦削，扑了薄薄一层粉，头发梳得整整齐齐。她马上就把钥匙给了我们，这是她头天就答应的。她没问我们是否住得舒服；我们认为，这表明她心里明白，我们是向她诉苦来了。

"太太，下面那些蚂蚁……"我妻子说道，她这时的口气温顺谦恭，一反往常。我真希望她别用这种声调讲话。她是一个性格倔强、嘴不饶人的女人，但有时也谨小慎微；每逢这种时候，我就感到不高兴。

我赶紧给她撑腰，用一种深受委屈的口吻指出："太太，您租给我们的那所房子……坦率地说，如果我们知道有这么多蚂蚁……"我没往下讲，心想这已经够清楚了。

太太连眼皮也没抬。"那所房子长期没人住，"她说，"有几只阿根廷蚂蚁不足为奇，这种蚂蚁到处都有……房子经常打扫，蚂蚁就会绝迹的，可是您，"她的眼睛盯着我，"拖了四个月才给我答复。如果那时您马上搬来住，现在就不会有蚂蚁了。"

我们打量着由于挂着帷帘和半关着百叶窗而几乎黑暗

的房间，遮着古代壁毯的高高的墙壁，黑色的雕花家具，玻璃瓶和银茶壶在那上面发着短促的闪光，我们觉得这种黑暗，这些沉重的饰物也许有助于隐蔽肯定从地基到房顶流遍这座房屋的蚂蚁河的存在。

“为什么您，这里，”我妻子插了一句，她的话中含有嘲讽语气，“没有蚂蚁？”

毛罗太太撇了撇嘴。“没有。”她斩钉截铁地说。稍后，她见我们不大相信，便做了一番解释：“我们这里打扫得一尘不染，光洁如镜。蚂蚁刚从花园中爬进屋里，就会被发现。我们立刻便采取对策。”

“什么对策？”我和妻子异口同声问道。我们感到好奇，充满了希望。

“很简单，”太太耸耸肩，“把它们撵走，用笤帚把它们扫走。”刚说到这里，她那故作镇静的表情忽然起了变化，她仿佛体会到一种难以忍受的痛楚。我们发现她坐得不是那么端正了：腰部扭向一边，全身的重心也明显地朝那边偏移。如果她刚才没有用如此肯定的语气讲出上面那几句话，那我一定会发誓说，准是有一只阿根廷蚂蚁钻进了她的内衣，在她身上叮了一口。一只，或者好几只蚂蚁在她身上乱爬，使她感到奇痒难忍。她竭力不在椅子上扭动身躯，但她显然无法像刚才那样安静而有风度地坐着了。她神色紧张，表情越来越苦恼。

“我们房前的庭院里全是蚂蚁，黑压压的一片，”我匆匆说，“屋子打扫得再干净，也免不了会有几千只蚂蚁爬进来……”

“有道理，”太太说，她那只干瘦的手紧紧抓着椅子扶手，“有道理。庭院荒着，荒地里会繁殖出几百万只蚂蚁来的。我本想四个月前就在那块地里种上庄稼，可您让我等了这么久。现在您自作自受了，不仅您吃了苦头，大家也跟着倒霉。蚂蚁朝四面八方爬去……”

“也爬到您这里来了？”我妻子问道。她差点笑出声来。

“这里没有！”毛罗太太立刻否认。她的脸色苍白，右手一直紧紧抓着扶手，肩膀转动了一下，胳膊肘轻轻擦着腰部。我终于明白了，除了矢口否认事实的自尊心和这所宽敞、阴凉、考究的别墅外，毛罗太太并没有什么抵御蚂蚁的对策。当然，她在蚁害面前表现得比我们要坚强得多。不过，我们在这里看到的一切，包括正襟危坐在椅子上的她在内，都被蚂蚁叮着、咬着，这是显而易见的。这里的蚂蚁也许比下面的更无情，它们像某种非洲蛀虫，能把所有东西啮食一空，最后只剩一个空壳。太太的别墅中似乎只有那条褪色的地毯和那几块积满灰尘的窗帘还没有受到蚂蚁的侵袭，其他东西仿佛转眼间就会变成粉末。

“我们上您这里来，是要向您请教如何摆脱蚂蚁……”我妻子说，她的神情泰然自若。

“屋子经常打扫，地里种上庄稼：没有别的办法。干活，只有干活才能摆脱蚁害。”她骤然站了起来，再也不能端坐在椅子上了。她的全身下意识地颤抖了一下。我们决定立即告辞。她镇静了下来，苍白的脸上浮现出一个轻松的微笑。

我们沿着小路往下走，回到我们的庭院。我妻子说：“但愿他还没醒。”我也在惦念着孩子。然而，我们还没跨进家门，就听见了他的哭声。我们连忙跑进屋，把他抱出摇篮，千方百计地哄他重新入睡。可是他仍然尖着嗓子，嚎啕大哭。一只蚂蚁爬进了他的耳朵。他没命地哭着，怎么哄也不管用。我们费了半天劲，才弄清事情的原委。其实我妻子一开始就猜到了。“准是蚂蚁！”但我却一直不明白他为什么哭个不停，因为周围并没有蚂蚁。我们脱光他的衣服：身上没发现有被咬或搔痒的痕迹。但我在摇篮里看见了几只蚂蚁。我虽然把摇篮放在离墙很远的地方，但没想到包迪诺先生在地板上涂了糖浆，蚂蚁被这位蚂蚁人的糖浆所吸引，沿着地板爬进了摇篮。

孩子的哭叫和妻子的嚷声把几位女邻居吸引到我们家里。雷吉瑙多太太对我们关怀备至，勃劳尼太太为我们忙这忙那，还来了几个以前从未见过的女人。大家争先恐后出主意：往耳朵里灌温热的橄榄油；让他张开嘴，使劲擤鼻子；还有一些别的法子，我记不得了。她们高声说话，嘁嘁喳喳，虽然对当时的我们来说是一种安慰，但说实话，忙帮得不多，麻烦倒添了不少。她们在孩子身边忙碌，起到的主要效果是激起了大家对那个蚂蚁人的义愤。我妻子对他——包迪诺——破口大骂，把所有过错都安在他头上。邻居们全都认为，他最好还是回家抱孩子去，他在这里的工作只是为了使蚂蚁繁殖得更快，这样他才不会失业；他工作得很出色，助蚁为虐，与人作对。她们讲的话过了头，但这是可以理解的。当时我也很激动，加上手里还抱着个哭哭啼啼的小孩，所以也和她们一道骂了起来。如果包迪诺那时就在跟前的话，我真不知道会对他干出什么事情来。

一只小蚂蚁随着温热的橄榄油从孩子耳朵里流了出来。他止住了哭，傻乎乎地拿过一个赛璐珞玩具，晃了几下，塞到嘴里吮吸着，再也不理我们了。我这时和他一样，希望一个人待着；我要放松一下神经。邻居们还在咒骂包迪诺，她们告诉我妻子说，他现在大概就在附近的一个庭院里，那里有他的仓库。我妻子说："哼，我去找他，到那里去找他算账。"

一支由我妻子领头的小队伍马上形成了，我当然走在她身边，尽管我不认为这种举动会有什么用处。唆使她这么做的女邻居们跟在她后面，有时抢先几步，给她带路。克劳迪娅女士主动提出留下给我们看孩子，她在栅门边送别了我们。后来我发现阿格劳拉女士也没来，虽然她刚才唾沫四溅，仿佛是包迪诺的不共戴天的敌人。跟我们两人一块出发的只是那几个以前没见过面的女人。我们沿着一条宽阔得像院子一样的道路前进，两旁相继闪过小木房、鸡圈和堆满垃圾的菜园。几个刚才嚷嚷得最凶的女人走到自己家门口后，停下了脚步；她们热情地告诉我们应该往哪边走，然后就回家喂老母鸡去了，或者喊过在街上玩耍的浑身是土的孩子，把他们拉进家门。只有两三个女邻居跟我们一起走到包迪诺所在的那个庭院门口。不过，等我妻子敲开门后，我们发现进去的只有我和她两人。女邻居们有的趴在窗口注视着我们，有的在鸡圈里看热闹，有的一面在门外扫地，一面继续鼓动我们。当然，她们的声音很轻，除了我们以外，旁人听不见。

那个蚂蚁人站在仓库中。这是一个小棚子，四分之三已倒塌，仅存的那堵木板墙上贴着一张发黄的纸片，上面赫然写着“与阿根廷蚂蚁作斗争局”几个大字。地上堆着一叠叠放糖浆的小碟、各式各样的木盒和空罐头。这里像是一个垃圾堆，破纸、鱼骨和其他废物应有尽有，人们马上就能想到，这是当地所有蚂蚁的大本营。包迪诺先生面带愠怒和询问的神色朝我们走来，他似笑非笑地咧了一下嘴，我们发现他的牙齿已经所剩无几。

“您！”我妻子犹豫片刻后对他开了火，“您应该感到羞耻！您到了我们家，弄得到处一塌糊涂，用糖浆引来了蚂蚁。一只蚂蚁还爬进了我孩子的耳朵。”

她冲着他的脸挥拳头。包迪诺先生像受惊的动物一般躲开了，但嘴角的笑容并未消失。他耸耸肩，眨眨眼，朝周围环视着。他的视线最后落在我身上，因为附近没有别的人。他的目光似乎意味着：“她发疯了。”但他说出口的话却只是无力地为自己辩解：“不……不……怎么能呢……”

“大家都说，您不是给蚂蚁下毒，而是给它们喂补药！”我妻子嚷道。包迪诺先生溜出棚子，来到那条像院子一样宽阔的道路上。我妻子一直跟在他后面骂个不停。他开始对附近小木屋里的女人们耸肩膀和挤眉弄眼。我觉得她们此时在悄悄扮演着两面派的角色：一方面接受他的目光的含义，同意他的看法——我妻子是在胡说八道，与疯子无异；另一方面，当我妻子的视线投向她们的时候，她们又频频颔首，或者挥动笤帚，鼓励她继续向那蚂蚁人开火。我避免介入。我应该如何是好呢？当然不能像妻子那样出言不逊，更不能对节节败退的包迪诺大打出手，我妻子的这通脾气已经够他受的了，但我也不应该劝妻子息怒，因为我不想袒护包迪诺。我妻子越来越愤怒，刚嚷了句“您在坑害我的孩子！”，便一把揪住他的衣领使劲摇晃。我怕他们打起来，正想奔过去把他们拉开时，忽然发现包迪诺先生并不还手，只是用越来越像蚂蚁的动作转动了几下身子，挣脱了她，滑稽地跑开了。他在不远处停下，理好衣服，耸耸肩，嘟哝道：“什么哟……谁会那样……”然后便走开了。临走前，他朝小木屋里的居民们摆了几下手，意思似乎是“她发疯了”。我妻子朝他扑去时，小木屋里的居民们发出一阵含混不清的喧哗声；那人挣脱后，喧哗声随之沉寂；而等那人离开了这里，人们看着他的背影，又开始纷纷议论起来。这回她们讲得很清楚，每句话的意思都很明白：不是抗议或威胁，而是抱怨，表示同情，以及提出要求。她们的声音很响，仿佛是在发表一篇自豪的宣言：“我们会被蚂蚁活活咬死的……床上有蚂蚁，菜盘里有蚂蚁……白天有蚂蚁，夜里有蚂蚁……我们本来就吃不饱，可是还得喂蚂蚁……”

我拽过妻子的手臂，但她还不时扭过身去喊道："没这么便宜！我们知道谁是骗子！我们知道应该找谁算账！"她还讲了另外一些怒气冲冲的话。这时已经没有人附和她了：我们从那些小木屋门前经过时，家家户户立即关上门窗；邻居们宁愿和蚂蚁和平共处，她们不想招惹是非。

回家的路上冷冷清清，这其实也在我的预料之中。尽管如此，看到女邻居们的那种表现，我实在感到痛心。从那以后，我再也不愿看见那些只会口头上到处抱怨深受蚂蚁之害的女人。我一辈子也不会像她们那样耍两面派手法。我倒想仿效毛罗太太，独自关在家里，高傲地忍受痛苦。不过，她是个阔佬，而我们一贫如洗。我找不到出路，想不出法子，不知道怎样在这个城镇里继续待下去。但我认为，我的熟人中间，以及不久前我还觉得比我有能耐的那些人中间，也没有任何一个人想出了办法，或者即将想出办法。

我们到了家。孩子还在吮吸着他的玩具。妻子坐到椅子上，我打量着爬满蚂蚁的土地和篱墙。雷吉瑙多先生的花园里有人在喷驱蚁粉，一股粉尘在篱墙那侧冲天而起。右边是上尉家那个浓荫铺地、静谧安宁的花园，各种精巧的装置正在不断地消灭蚂蚁。这就是我的新居所在的城镇。我抱起孩子，挽着妻子说："我们去遛遛，一直走到海边去。"

太阳已偏西。我们沿着林荫大道和傍山小路朝前走。老城的一角还沐浴着阳光，那边的房子由灰色的海泡石砌成，窗棂上抹着灰泥，屋顶长满青草。这个城镇呈扇形展开，房屋依山而筑。山坳间空气清新，大地这时染上了紫铜色。孩子回过头去，不胜诧异地浏览着这一切。我们也部分受到了他的感染，觉得颇为新奇。生活中的某些时刻是很甜蜜的，我们似乎接近了这种时刻，心头的伤口也仿佛渐渐愈合了。

我们碰见了几个老太太。她们头上垫着个草垫圈，上面顶着一个大篮子。她们低着头向前走，腰板挺得笔直，身子从不乱晃。一群裁缝姑娘跑出修道院的花园，奔到池边，伏在石栏上看着水中的一个蟾蜍；她们说："唉，真可怜！"栅门后边的一株紫藤下，几个身穿素白衣裳的小女孩在逗弄一个玩气球的瞎子。一个光着上半身、蓄着大胡子、留着披肩发的小伙子手持木叉，在一株长满又长又白的树刺的老树下够刺梨。一户殷实人家中的几个小孩神情郁悒，每人戴副大眼镜，在窗前吹肥皂泡。铃声骤然响起，收容所里的老人该回房了：他们拄着拐棍，戴着草帽，一边喃喃低语，一边依次踏上台阶，走进寝室。两个工人在检修电话线，在下面扶梯子的那位对在电线杆上干活的伙伴说："下来吧，该收工了，我们明天把它干完吧。"

我们来到港口，面前便是浩瀚的海洋。海边有一排棕榈树和几条石凳。我和妻子坐下，孩子乖乖地待在一边。妻子说："这里没有蚂蚁。"我接着她的话说："而且空气新鲜。在这里待着真舒服。"

海水忽进忽退，拍击着栈桥边的礁石。渔船在轻轻晃动，肤色黧黑的渔民们把一张张红色的鱼网和一个个鱼篓放进船舱，准备晚上出海捕鱼。海面平静，只是颜色在不断变化，时而蓝，时而黑，越到远处，色调越深。我想着远方的海水，想着海底的无数细小沙粒，以及被潜流带到海底、被波涛冲刷得干干净净的洁白的贝壳。